Salve, Rainha!

e outras histórias

ESTEVÃO RIBEIRO

Salve, Rainha!
e outras histórias

10 anos
malê

Editora Malê

Direção editorial
Francisco Jorge e Vagner Amaro

Salve, Rainha e outras histórias
ISBN: 978-65-85893-58-9

Edição
Francisco Jorge

Revisão
Louise Branquinho

Capa e diagramação
Ale Santos

Projeto gráfico e ilustração de capa
Estevão Ribeiro

Este livro foi revisado segundo o Acordo Ortográfico da Língua Portuguesa de 1990, em vigor no Brasil desde 2009.

Dados internacionais de catalogação na publicação (CIP)

Vagner Amaro – Bibliotecário - CRB-7/5224

R484s Ribeiro, Estevão
Salve Rainha e outras histórias / Estevão Ribeiro — 1. ed. —Rio de Janeiro: Malê, 2025.
192 p. : il.

ISBN 978-65-85893-58-9

1. Contos brasileiros I. Título.

CDD B869.301

Índices para catálogo sistemático: 1. Literatura brasileira: contos B869.301

10 anos
malê

Editora Malê

Rua Acre, 83/ 202 - Centro. Rio de Janeiro – RJ CEP: 20.081-000
www.editoramale.com.br
contato@editoramale.com.br

Para minha mãe, Dona Jane, meu passado presente.

Para meu presente sempre presente Eliana Alves Cruz.

Para minhas filhas Sofia e Guilhermina, meus presentes e futuros. Sempre.

Este livro também é dedicado à Cristina Santos, amiga de infância e princesa da banda de congo que hoje dança na companhia do Divino

SUMÁRIO

MAIS DO QUE FRASES, ORAÇÕES

Kaô, Kabecilê, Meu Pai.

Hoje é 24 de junho de 2025. Dia de São João. De Xangô Menino. Data em que terminei de escrever esse texto que assino aqui. Assim: umas palavras-faíscas sobre o fogo que é este livro de Estevão Ribeiro. Umas palavras-iscas de água quente também. Fervente. Uma festa popular. Para saudar a Rainha, salve e salve. A Rainha do Mar. A Rainha dos Ventos. *Odoyá, Minha Mãe, Eparrey, Oyá!*

É preciso ter fé para escrever. E Estevão tem à beça. Sua reza que, em vez frases, escreve orações. Música de terreiro bem brasileiro. Tem saia rodada, tem. Tem congada, tem. Não saio daqui enquanto vovô não me contar uma história trazida junto aos peixes que ele, pescador, fisgou além. No fundo do céu. A ancestralidade que cada narrativa contém. *Saravá, Assim Seja, Amém!*

Histórias passadas no Espírito Santo ou no Morro da Rocinha. No Congo das Goiabeiras onde, com certeza, foi costurada cada linha dessa prosa sonora. Bater a mão no couro do tambor. Tudo reverberação da memória. Som colhido também no Metrô da Carioca. Parar para ouvir a rua tocar. Seus instrumentos de amor e de dor. *Madalena, ô, Madalena, ô!*

Um livro preenchido de vozes antigas. Entre esquinas mortas e esquinas vivas. Convocar, inclusive, Lima Barreto para levantar outras demandas, queixas e ladainhas. Oralidade que, na novela *Enquanto Ele Estava Morto* (aqui entre os contos, reunida), ganha um quê de "quaresma" – um tempo de provação depois da morte de um irmão. Como encontrar o corpo? O tempo todo, durante a leitura, um exercício de esperança de que algo, depois de uma grande tragédia, em nós sobreviva. Das cinzas da fogueira, ainda vivas, para acender novas chamas, haveremos de ressuscitar algumas brasas mais.

Kaô, Kabecilê, Meu Pai.

Marcelino Freire

SALVE, RAINHA!

Eu tinha passado um bom tempo no mar e, como faço todos os dias, ancorei no pequeno cais próximo à minha morada. Trazia peixes vermelhos, azulados e prateados, e assim que pisei fora do barco, fui cercado por crianças. Achei que elas queriam algum peixe para matar a fome, mas queriam outro tipo de alimento.

— Vovô! Vovô! Conta uma história pra gentchi? — gritaram dois ou três.

— Pode ser outra hora?

— O senhor prometeu que, quando viesse do mar, contaria uma história! Vai faltar com a palavra e dar fama de mentiroso a pescador, vovô?

Nem dez anos tinha e já botava essa banca.

Ah, eu tinha prometido. Não havia chegado tão longe na vida descumprindo promessas, então resolvi honrar esse compromisso.

Era uma manhã de verão na Barra do Jucu e a banda de congo Congar da Noite tomava a rua.

Mãos batiam forte nos tambores e casacas, uma espécie de reco-reco de madeira, eram raspadas com varetas em um ritmo que fazia todos girarem.

Cantavam uma música da minha terra. Eu achava linda na época, mas hoje acho problemática.

— Canta pragentchi?

"Pra gentchi.". Adorei o pedido da menina de cabelo grande e redondo, era uma ordem. Pigarreei, peguei minha casaca e toquei.

IAIÁ, VOCÊ VAI À PENHA?
ME LEVA, Ô! ME LEVA!
IAIÁ, VOCÊ VAI À PENHA?
ME LEVA, Ô! ME LEVA!

Enquanto tocavam tomando a pequena rua do bairro, Madalena, uma mulher negra com um vestido estampado, leve, colorido, observava a cantoria. Os óculos escuros e as sandálias novas mostravam a cara de turista. Ela estava pagando por um ramo de tempero verde, que pôs na sacola de compras, e acompanhava a banda de congo.

A banda e seu cortejo seguiram pela rua, batendo tambores, tocando a congada. Madalena dançava sorridente o congo, descalça, segurando as sandálias em uma das mãos e um saco de mercado na outra.

EU VOU TOMAR CAPRICHO
MEU BEM, VOU TRABALHAR
EU TENHO UMA PROMESSA PRA GANHAR...

Da janela, uma mulher negra de cabelos presos por grampos e de vestido discreto e gasto acompanhava a movimentação com um sorriso.

EU VOU TOMAR CAPRICHO
MEU BEM, VOU TRABALHAR
EU TENHO UMA PROMESSA PRA GANHAR...

Era Benedita. Ela acompanhava tudo com uma nostalgia e uma pontinha de dor no coração, mas algo a tirou do transe: ver Madalena dançando na multidão.

— O que essa doida tá fazendo?

Benedita saiu da janela e partiu para a varanda, de onde dava para ver Madalena. A banda fazia sua festa, passando, e ela pegava carona naquele trem humano e sonoro.

ESSA PROMESSA QUE EU TENHO A PAGAR
É PRA SANTA PADROEIRA
ELA VAI ME AJUDAR!
ESSA PROMESSA QUE EU TENHO A PAGAR
É PRA SANTA PADROEIRA
ELA VAI ME AJUDAR...

— Madalena! Que demora foi essa, mulher? Cadê o coentro da moqueca?

Madalena "saltou do trem" e subiu a escada da varanda, sob o olhar de reprovação de Benedita.

— Menina, tá aqui! Mas foi um trabalhão para achar! Fui lá na quitanda do Toninho, e quando vi, era uma loja de capinha de celular, imagina você!

— Seu Toninho morreu há uns dez anos, Madalena. Falei para você ir na do Seu Jayme!

— Pois é, depois fui lá encontrei o Jayminho, aquele moleque que vivia caçoando de você, mas era doido pra te pegar. Botei o papo em dia e comprei a droga do coentro. Capixaba é tarado em coentro, hein? Deus me livre!

— Coentro é vida, Madalena! — Benedita tirou o tempero da sacola, sem paciência.

— Que nada, Benedita! Coentro é amargo, irmã.

— E a vida, o que é?

Madalena, debochada, não resistiu à deixa e apontou para a irmã.

— "O que é, o que é, diga lá, minha irmã?"

— Caramba, Madalena! Gonzaguinha! Tirou essa do fundo do baú, hein? Uma das preferidas do nosso papai.

Ao ouvir a palavra não tão familiar, Madalena levantou as mãos, querendo brecar a irmã.

— Do SEU pai! Deixou de ser meu tem dez anos!

— Se você está contando desde o dia que você fugiu daqui, são pra mais de quinze, Madalena! — respondeu Benedita, cruzando os braços, ofendida. — E quer queira, quer não, Seu Damião Moreira Ribeiro é seu pai sim!

Sem paciência para discutir, Madalena bufou, jogou a sandália ao lado da porta e passou o pé no tapete com as pernas sujas da poeira. Isso foi o bastante para Benedita a seguir, segurando-a pelo ombro, e a impedir de entrar.

— E pode parando que você não vai entrar pela sala com esse pé preto não!

— Então, só se eu tirar ele pra entrar, né...

Benedita apontou com o olhar no fim do corredor, lá nos fundos da casa. Madalena entendeu na hora.

— Ah, não! Você não vai querer eu...

Antes que ela pudesse terminar seu protesto, Benedita a puxou para a descida lateral da varanda.

— Ah, vai sim!

Madalena era a mais nova e, por isso, voto vencido sempre. Lá estava ela com os pés na bacia de alumínio com a água saindo da mangueira, amarrada em um pedaço fino de madeira fincado no chão, como se fosse uma bica. Madalena cantava uma canção popular capixaba, que também reproduzo aqui, com as limitações vocálicas que tenho.

RAINHA, O SEU BRINCO CAIU
DEIXA QUE EU APANHO PRA VOCÊ
RAINHA, O SEU BRINCO CAIU
DEIXA QUE EU APANHO PRA VOCÊ
É DE OURO, É DE PRATA, É DE BRONZE,
Ô RAINHA
DEIXA QUE EU APANHO PRA VOCÊ
É DE OURO, É DE PRATA, É DE BRONZE,
Ô RAINHA
DEIXA QUE EU APANHO PRA VOCÊ

Guiada pela cantoria, Benedita apareceu com uma toalha na porta, jogando para Madalena.

— Já pode parar de gastar água, Madá! Só sobrou couro mesmo, e esse daí não fica branco não!

— *Crendeuspai*, Benê! Nem quero! Já pensou, nessa altura da vida, virar branca da noite para o dia?

Madalena pegou a toalha, enxugou os pés e seguiu a irmã para dentro da casa.

— Ah, você já mudou tanto, né? Pele é o de menos, sua metida! Vamos lá, que atrasei o almoço por sua causa!

A cozinha era o lugar mais bonito da casa! O forno a lenha com quatro bocas, que estavam todas ocupadas por panelas de barro com arroz, couve e ovos, além de uma moqueca e um pirão. Benedita pegou a sacola que Madalena trouxera da rua, o ingrediente principal, a colaboração da irmã para o almoço, mas...

— Madalena, nossa mãe deve estar lá no céu morrendo de vergonha de você!

— Que foi?

Madalena estava pegando na geladeira um pouco de água para beber e não entendia o que podia ter feito de errado. Já havia lavado os pés...

— Você, mulher letrada, viajada, mas que não tem as manhas de diferençar salsa de coentro! Cê trouxe salsa, *imundiça*!

— Ah, me dá um "descoentro", irmã! Eu não sabia quando criança e não faço questão de aprender agora.

Sem ligar para Benedita bufando em reprovação, Madalena sorria entre um gole d'água e outro, olhando para os detalhes da casa, nostálgica.

Uma pequena estátua de São Benedito. Uma xícara com detalhes dourados. Um saleiro empoeirado em forma de cachorro. Uma caixinha de temperos.

— Nossa, eu não percebi o quanto eu senti falta desse lugar.

— Tem pouca coisa da sua época, cê sabe... Tudo quebra, nada dura pra sempre.

Mas algo chamou mais a atenção de Madalena. Ela se surpreendeu ao avistar brinde de 1988, a galinha do Caldo Maggi.

— Ah, mas ainda tem coisas da minha época aqui sim. Olha!

Madalena atacou empolgada o brinquedinho e mostrou à Benedita, que colocava a salsa por cima do peixe.

— Verdade! Todo mundo queria essa galinha. Ela botava ovinhos azuis e brancos, lembra? Acho que perdi todos.

Por curiosidade, Madalena apertou a galinha perto da mesa, próximo à irmã. Ela se surpreendeu quando saiu um ovo.

— Yá?! Ainda tem ovinhos!

— Tem? Nossa, você está com sorte.

— Isso deve valer uma grana, sabia?

Sem perder tempo, Madalena sacou o celular, enquanto Benedita continuava firme na missão do almoço-quase-janta.

— Sério? Acho que nem vale o trabalho de pôr no correio...

— Tem gente oferecendo trezentos reais em sites de leilões.

— Trezentos reais?

— Sim, olha!

Benedita se aproximou do celular, mal acreditando, mas Madalena mostrou na pequena telinha um exemplar idêntico ao que elas tinham.

— Que curioso, né? Estava aqui o tempo todo...

O rosto de Benedita, antes surpreso de saber que tinha algo de valor em casa, se desfez ao olhar para o brinde novamente.

— É... é um bom din-din, mas pertenceu à mamãe, né?

Madalena levou o celular ao peito, lembrando saudosamente da mãe. Ela continuou sua viagem pelas lembranças e chegou na foto de um homem negro, muito bonito por sinal, o pai delas. A foto o mostrava sereno, próximo a tambores e outros instrumentos musicais, cercado por crianças.

— É verdade. Não vale a pena vender uma lembrança por uma grana que não dá para fazer muita coisa.

Benedita a acompanhou, fechando a cara, de volta ao seu modo sisudo.

— Mas era o que eu te falava quando você mandava dinheiro. Um *miserê* que só, Madalena!

— O quê?

Ultrajada, Madalena pegou a foto do pai com as crianças, em clara posição de embate. Afrontosa, Benedita cruzou os braços, esperando a bronca

— Eu mandava três salários-mínimos na época! Ele reclamar tudo bem, era só o que Seu Damião sabia fazer, mas você? Vocês não reformaram tudo isso graças a esse dinheiro? Não colaborei com os projetos do monte de criança que ele vivia chamando de próxima geração da Congar da Noite? Tô errada?

Contraída, Benedita resmungou:

— Errada não tá, mas não pensa que eu vou agradecer por você ter feito nada mais do que a sua obrigação! A Congar da Noite era a única coisa que fazia papai feliz.

— Yá? Tu acha certo Seu Damião preferir um monte de catarrento ao invés das suas próprias crias? Eu via como ele te tratava, irmã! Velho machista!

— O papai... era homem, né? Você sabe como é homem, né, Madalena?

— Por que eu saberia? — Ela deu de ombros e virou a foto contra a mesa. — Sou uma mulher! Agora, vamos ficar desenterrando os mortos ou vai me contar as novidades?

— Ih, tô assim de coisa pra falar, Madalena! — Benedita gesticulou com a mão, juntando os dedos, dando noção de quantidade, enquanto checava a panela da moqueca.

Enfeitiçada pelo cheiro, Madalena se aproximou, curiosa.

— Caramba! Você veio aqui outras vezes e nunca me visitou! O clube dos familiares ingratos deixou sua carteirinha e te ofereceu a presidência! Hm!

Benedita continuou a checagem, abrindo agora a panela com moqueca de camarão.

— Sei que mereço a carteirinha com orgulho! Caramba, isso tá cheirand... AI! — Madalena tentou provar e dali não obteve nada, senão um tapa na mão dado pela irmã. — Tá bem, eu mereço isso. Sobre as vindas para o Brasil, as vezes que pisei aqui foram para aumentar os peitos, dar uma puxadinha na papada e um tratamento hormonal... Duvido que o papai ia gostar de me ver assim! Religioso como era, eu ia encurtar a vida do velho nuns dez anos!

— Papai sentia sua falta, Madá!

Na esperança de ocupar a irmã, Benedita passou uma faca e uma cenoura para Madalena, que pegou a tábua e se pôs a cortar.

— Papai sentia falta de outra pessoa, Benê! Uma pessoa que só seguia as regras dele, que não podia dar um passo fora da linha que ele cismava em chamar de vida.

— Se o Felipe estivesse aqui, talvez as coisas fossem diferentes.

Ao ouvir o nome, Madalena parou de cortar a cenoura, deixando pela metade.

— Mas não está, Benê! Ou está, sei lá. Felipe morreu, mas ninguém vai embora totalmente, né? — Debochada, mordeu uma ponta da cenoura.

Benedita continuou temperando a moqueca.

— Verdade, olha a gente falando dos mortos. Mestre Damião e Felipe. Mas explica aqui: silicone novo, retirada da papada... É assim que você gasta o dinheiro do seu marido?

— *Finado* marido, Benê! Foi só isso também, a fonte secou, só consegui fazer um pé-de-meia para me arranjar por aqui investindo em alguma coisa. Quem sabe um restaurante de frutos do mar?

— Ô Madalena! Isso é uma colônia de pescadores! Qualquer birosca aqui vende peixe! E como bater o preço de quem pesca e vende o próprio prato?

Madalena encostou na mesa, pensativa. Benedita terminou sua missão com a comida e fechou a panela, limpando o rosto com a toalha de prato.

— É verdade. Se eu tivesse alguém de sócio que pescasse...

— Ué, por que não chama o Manel?

Por reflexo, Madalena se benzeu com a faca na mão, perigando se cortar. E assustando a irmã.

— Manel? Que Manel o quê, Benedita? Cê tá variando?

— Credo! Não precisa ficar braba! Só sugeri Manel porque vocês eram amigos, viviam grudados, o povo inteiro comentava...

— São um bando de futriqueiros... quer dizer, eram, né? Metade da véiarada da vila morreu.

— É verdade! Aliás, maior constrangimento você não ter ido visitar o Manel ainda. Depois de tudo que ele passou por você...

Madalena soltou a faca e foi de encontro à geladeira. Benedita, observando o desleixo da irmã, pegou o talher e jogou na pia.

— Por isso mesmo que não quero a ajuda dele! Já prejudiquei ele demais com os chiliques do Seu Damião.

— Madalena, Madalena... Olha como tu fala do nosso pai! E acho que você e Manel precisam esclarecer essa história. O homem virou solteiro convicto, só quer saber da banda de congo que herdou do papai.

Madalena interrompeu o gole na garrafa d'água, se engasgando e molhando o chão.

— DEUS ME LIVRE! Nem mesmo em nome da nossa antiga amizade eu vou mexer com um cara que tinha obsessão de ser o papai! E olha, ele conseguiu!

Benedita balançou a cabeça e, dando uma toalha para a irmã se limpar, disse:

— Ah, Madá... Sinceramente? Não era exatamente isso que te deixava caidinha por ele?

★★★

Mais à noite, Madalena e Benedita deitaram-se na cama de casal, no quarto que pertencera ao pai delas. O ventilador do teto ligado, janela aberta, e um suave vento mexia a cortina e os pensamentos de Benedita, que olhava para o teto, enquanto Madalena, de costas para a irmã, observava o porta-retrato na penteadeira com uma foto de Damião, da mãe Beatriz e de duas crianças.

— Já tem bem uns dez anos que nossa família fica de fora das festividades.

— Como assim, Benê? Tu acompanha a festa todo ano!

— Ah, mas quando papai era o mestre da banda de congo, era a nossa família fazendo a festa acontecer.

Madalena se virou para a irmã, olhando-a nos olhos.

— Entendi. Nossa família perdeu o protagonismo na festa.

— Sim. Triste, né?

Madalena alisou o nariz da irmã, dando uma apertada de leve com o dedo, a acusando em tom carinhoso:

— Olha que isso não é um sentimento cristão, hein? Não vai pro céu assim não...

Benedita se contraiu, ofendida, ajeitando-se na cama, ficando de costas para Madalena.

— Ah, o roto falando do rasgado!

— O quê? Eu continuo católica, querida! Já você, com esse ódio no coração...

Benedita fechou os olhos e respirou fundo. Madalena levantou o corpo, apoiando-se no cotovelo para tentar ver o rosto da irmã.

— Não é ódio, irmã... Tá mais pra desgosto, sabe?

Madalena voltou a se ajeitar, de costas para a cama, olhando para o teto.

— Você está falando igual ao Seu Damião.

— NOSSO pai, Madalena... Eu queria honrar a memória dele.

— Damião se foi, Benedita! E só da banda continuar sem ele, mostra que ele fez um trabalho bem-feito. Pelo menos com a banda...

Benedita se ajeitou para olhar a irmã novamente.

— O cargo de Rainha do Congo da Banda está vago. Dona Altina mal aguentou segurar estandarte na última festa. Alguém da nossa família tinha que se oferecer para o cargo. Uma prima, talvez a tia Josefa...

— Ah, é? E quando é o concurso?

Benedita, ultrajada, mal podia acreditar na falta de conhecimento da irmã.

— Concurso? Não tem concurso, Madá! A rainha é escolhida por aclamação.

— Aclamação? Tipo louvor, hino, igreja? É difícil de fazer?

Madalena se encolheu, confusa. Estava fora havia muito tempo e nunca tinha se inteirado de nada que tivesse a ver com o seu pai. Benedita revirou os olhos.

— Não, sua tonta, o povo da região é quem escolhe! Aí vai de cada lugar e... Peraí! — Ela teve um estalo e apontou o dedo para a irmã. — Você não tá pensando em...

— Eu o quê? — Madalena se contraiu, envergonhada, puxando a coberta, em uma tentativa de se esconder.

— Você não está pensando em ser a Rainha do Congo...

— Quem, eu? Não... Será?

Benedita arfou, confusa. Em resposta, a irmã estufou o peito, corajosa.

— Madalena, nem pensar!

— Ué? Por que não? Você mesma não tava aí reclamando?

— Você é praticamente uma gringa, Madá! Sem contar as outras coisas, né? O povo nunca vai te aceitar como rainha!

— Isso não é uma certeza, irmã!

Com a certeza que a fizera encarar as ruas aos 14 anos, Madalena se ajeitou, ficando de costas para a irmã, encerrando a conversa

— Pelo menos, não até amanhã!

***

No dia seguinte, os pés de Madalena se equilibravam pela via pavimentada por blocos. Ela andava vestida como turista, com um chapéu chamativo e óculos escuros. O seu vestido florido era balançado pelo vento marítimo, enquanto o segurava para não revelar demais as pernas. Essa confusão atraía olhares dos locais.

Em frente a uma lojinha de roupas, Dona Neusa e Dona Isaura conversava com Dona Penha, que pilotava uma máquina de costura. Seus olhares passeavam por Madalena. Dona Penha interrompeu a costura e prosa e soltou um olhar interesseiro sobre a gringa.

— Opa! Bom dia! Quer ver uns vestidos, dona moça?

— Bom dia! Outra hora, com certeza!

Do outro lado da rua, um homem branco com uma barba descuidada e um sorriso debochado acompanhava Madalena com o olhar. Seu nome era Sidney, um antigo morador local.

— Bom dia, dona. A senhora é parente do finado Damião?

— Não, não sou, não.

Madalena já estava acostumada a renegar a herança paterna, mas um bichinho da provocação acabou por vencê-la daquela vez.

— Sou sim. Filha.

— Quem diria! Quer dizer que Seu Damião, todo certinho, deu uma pulada de cerca!

Madalena tomou ar e olhou para Sidney com reprovação. Ela podia falar mal do pai, que, apesar de ter sido um machista, nunca havia desonrado sua mãe, nem depois de sua partida.

— O quê?

— É que até onde eu sei, ele só teve a Benedita. Ah, tinha também...

Madalena estava tão revoltada com a abordagem inconveniente de Sidney que não percebeu um vendedor de caranguejos, com diversos amarrados entre eles, se aproximando.

— *Are you lost, madame? Would you like some crabs?*

— Ai! Não, eu tô bem, obrigada.

Madalena, confusa, se afastou de Sidney, que a olhou desconfiado. O vendedor a acompanhou com um sorriso de cumplicidade.

— Ah, desculpa, achei que tu era gringa e que o Sidney tava te incomodando. É um pé no saco esse sujeito.

— Não, sou daqui mesmo! Passei muito tempo em L.A. — Los Angeles —, mas agora vim para fixar raízes aqui.

— Ah, muitos gringos escolhem a Barra do Jucu para morar. Principalmente os mineiros!

— Yá? E desde quando mineiro é gringo?

— É que os que chegam aqui são brancos, falam esquisito, têm sobrenome importado e são doidos pelas pretinhas.

Madalena pensou, balançou a cabeça e voltou a andar. O vendedor a acompanhou.

— Hm. É. Gringos.

— Foi como falei! Mas aí, não vai querer uma ajuda não?

— Só se você souber onde mora Manel. Isso daqui quase não mudou, mas o pouco que mudou já me confundiu toda!

— Mestre Manuel, que faz os instrumentos de Congo?

Ao ver que o vendedor de caranguejos sabia de quem se tratava, Madalena prestou atenção nele.

— *Yeah*, ele mesmo! Conhece?

— Sim! E ele gosta muuuuito de caranguejo!

O vendedor levantou uma dúzia de caranguejos vivos com uma carinha de que a informação não chegaria fácil.

Madalena foi parar em uma rua de chão e chegou a uma casa simples, porém bonita, com uma garagem transformada em oficina de instrumentos, com casacas e tambores no porão. Ela se aproximou, segurando uma dúzia de caranguejos amarrada por uma corda, afastando com dificuldade os bichos do seu corpo.

— Deve ser aqui! Ai, desgraça! Não me morde, não!

— Caranguejo não morde, dona! Só belisca.

A alegação veio de Manel, que apareceu na porta da oficina com um sorriso de vendedor para turista. Madalena levantou os óculos, olhando surpresa para o velho amigo, o intrigando.

— Manel!

— Eu mesmo! Recomendada por alguém, dona?

— Sou eu, Manel! Madalena!

O senhor saiu da porta e se aproximou de Madalena, tapando o sol na altura dos olhos para ver melhor.

— Madalena? A do Martinho da Vila?

— Não, a do Mestre Damião!

Manel procurou na memória aqueles olhos, que continuavam os mesmos. O sorriso lembrava o de adolescência. E apesar dos anos que os separavam, apressou-se em abraçar Madalena, que não soltou os caranguejos.

— Madalena do céu! Que maravilha te ver por aqui! A que devo a honra... Aaah!!!

— Eita! O que foi?

Com a cara retorcida de dor, Manel afastou-se, sentindo a perna.

— Um caranguejo me mordeu!

— Ah, caranguejo não morde, só belisca!

★★★

Madalena observava Manel esticando o couro do tambor com um isqueiro com a experiência de quem fazia isso há séculos. Ele deu uma batidinha no couro, exibindo o tambor novo para a amiga.

— Viu? Novo em folha.

— Então, é isso que você tem feito? Batendo forte no couro?

— Isso e tudo mais, né? — Manel riu, colocando o tambor de lado. Em seguida, pegou uma casaca e a analisou de todos os lados. — Ao contrário de você, que continua com esse humor de quinta série, me formei em contabilidade e ia montar um negócio, mas com a morte do meu pai, tive que assumir como mestre dos instrumentos. Aí... — Parou de falar, olhando para Madalena com pesar.

Cabisbaixa, e percebendo o constrangimento, ela continuou a conversa:

— Aí papai morreu e você acumulou os cargos. Tu não pensa em dividir isso não?

— Sabe como é... Brincar todo mundo quer, mas organizar a festa é outros quinhentos! Se eu não pegasse para fazer, o negócio não ia andar, não.

Manel lixava e assoprava uma casaca, conferindo a superfície de madeira, enquanto Madalena sorria com a desculpa.

— Ah, fala a verdade! Tu que é chegado numa véiarada!

— Nem de todas, mas não tem jeito! Sabe que até declaração do Imposto de Renda eu faço para as velhas? Fiz três só neste mês!

— Alma boa! Vai pro céu direto, ficar aos pés de Nossa Senhora da Penha!

Ele sorriu, limpando a casaca, e olhou para ela, ainda sorridente. Os olhares dos dois se encontraram. Ele lixou um pouco mais a casaca.

— E o que você veio fazer aqui na Barra do Jucu? Turismo?

— Não, eu vim pra ficar.

— Que bom!

— Tô pensando em me candidatar ao cargo de Rainha do Congo.

Naquele momento, Manel deixou cair a casaca e, ao abaixar para pegá-la, o pó da madeira lixada atingiu seus olhos. Assustado, ao levantar, bateu num tambor pendurado.

— O quê? Ai! Mas que merd...

Madalena olhou assustada para todo aquele show. Até que os olhos deles se cruzaram interromperam o praguejar de Manel, sobrando apenas uma passada de mão na área atingida da cabeça para consolar.

— É tão ruim assim?

— Ai! Não sei... me diz você! Você acabou de chegar e já quer sentar na janela, Madalena?

— Ah, Manel! Faça-me um favor, né? Quanto tempo eu preciso ter de comunidade para participar? Eu dei uma boa olhada nas interessadas e acho que sou um bom páreo!

Manel tentava desviar o olhar de Madalena, descendo um tambor e apertando os parafusos que seguravam o couro, deixando-a insegura.

— Ah, conheceu Dona Neusa, Dona Isaura e Dona Penha? É para elas que faço o Imposto de Renda, sabia? Passa ano e eu sempre acho que vou fazer um a menos e nada! São duras na queda.

— Eu também.

— É, eu sei! Você vai ser páreo duro mesmo para elas.

Ele a olhou com cumplicidade. Os olhos de Madalena brilharam, fazendo-o se contrair de timidez.

— Opa! Quer dizer que eu posso concorrer?

— Não é bem concorrer, Madalena! Por mim você já tava dentro, mas é a comunidade que escolhe, e já está na hora de você aproveitar essa festa como merece. Só tenta ficar sossegada para que o povo não volte a falar... Se bem que não sobrou muita gente pra isso.

— Obrigada, meu querido amigo!

Madalena já não mais ouvia, estava empolgada como uma adolescente, segurando-o pelos braços na altura dos ombros, com os olhos marejados.

Naquele dia, ela saiu da oficina a ganhar a rua, observada por Manel, que se sentou no tambor com um olhar perdido, até se assustar com algo no chão. Era um caranguejo.

— Yá? Como você fugiu?

Ele ameaçou o caranguejo com a casaca, mas logo apareceram mais, tomando o chão do lugar.

— Ah, juntou a galera para vir na covardia, né?

Manel jogou a casaca nos caranguejos e correu.

★★★

Nos dias seguintes, Madalena era assunto no bairro, que tanto rodou que veio parar na varanda de Benedita, que fazia as unhas de Dona Penha com um poderoso alicate. Claro que o primoroso trabalho poderia muito bem ser o motivo da idosa ter se deslocado de sua casa para aquela ponta do bairro, mas não era o caso naquele dia.

— Benezinha, minha filha... E essa irmã que teu pai te arrumou?

— Como assim?

— Ela está por aí deixando claro que quer ser a Rainha do Congo, que seria bom para a memória do pai...

— Ela não deixa de ter razão, né? Meu avô fundou a banda...

— Mas ela não tem história com essa terra. Me admira muito você apoiar...

Antes mesmo que Dona Penha pudesse concluir, o alicate de Benedita escapou da unha. A senhora deu um pulo e quase grudou no teto de dor.

— Ai, mulher! Cuidado!

— Desculpa, Dona Penha! Foi um acidente...

A idosa tinha lá suas dúvidas. E olhando bem para dentro de si, Benedita também tinha.

— Não vou pagar pelo serviço! Quer arrancar o meu dedo ou o quê?

Ultrajada e mancando, a senhorinha se levantou e saiu. Benedita respirou fundo, querendo alguns minutos de paz, mas uma batida de congo vindo de dentro da casa chamou sua atenção.

MEU SANTO ANTÔNIO
VOU FAZER UMA PROMESSA
PRA SÃO JOÃO
E PRA SÃO PEDRO ME AJUDAR
SOLTAR BALÃO
PULAR FOGUEIRA A NOITE INTEIRA
COM MEU AMOR
ATÉ O DIA CLAREAR

O congo tocado no celular de Madalena tomava toda a cozinha. Além da saia rodada e da vassoura improvisada de porta-estandarte, ela vestia a blusa da Congar da Noite, que era verde com o nome do grupo.

OLHO O TERREIRO
COMO ESTÁ ILUMINADO
ESTÁ TODO ENFEITADO
PARA A FESTA COMEÇAR
E O MEU SÃO JORGE
COM A ESPADA A BRILHAR

AI MEU DEUS, DESSA MANEIRA COMO É QUE VOU FICAR...

Benedita já chegou desligando a música e fazendo tudo bufando, batendo as tampas das panelas e as portas do armário, inquieta. Madalena abaixou a vassoura e tentou ajudar a irmã, sem dar destaque ao seu comportamento afrontoso. A mais velha separou uns legumes e os cortava com raiva, mas em silêncio. Riu ironicamente, pensando no que sua vida se transformara, e voltou a cortar uma batata na tábua.

Madalena observava o comportamento da irmã, que o acompanhava desde novinha, um vulcão em vias de estourar. Era questão de tempo, minutos. Segundos depois, Benedita não resistiu, bateu a tampa um pouco mais forte na panela e olhou para a irmã.

— Você está gostando, né?

— De tudo, mas do que você está falando, especificamente?

Benedita passou as mãos em seus cabelos, se controlando para não avançar em Madalena.

— Dessa atenção toda! Madalena, tal como Tieta, sai escorraçada e volta toda polêmica!

— Ah, disso! Sim, acho ótimo e justo!

A mais velha levou o dedo à boca, como se pedisse silêncio em meio a sua raiva. Madalena a observou com atenção e frieza.

— Justo? Madalena, como eu explico que você é minha irmã sem sujar a imagem do papai?

— Mas a ideia foi sua! Não que eu ia vir metendo o pé na porta, mas não tô fazendo nada demais. Se o seu pai tá se revirando no túmulo, não devia ser por minha causa!

— NOSSO pai, Madalena!

— ELE NUNCA FOI MEU PAI, BENÊ!

Madalena, instintivamente, tentava conter as próprias mãos, que queriam segurar a cabeça de Benedita.

— Tô fazendo essa parada aqui porque você disse que era importante pra família!

— Qual família? A do pai que você odeia?

— Não! Você! Você é a família que eu tenho, apesar da vergonha que você tem de mim!

Sem conseguir mais encarar Benedita nos olhos, Madalena se afastou, chorosa. Sem a irmã por perto, a mais velha se abraçou, desamparada.

★★★

No dia seguinte, Manel se encontrava sentado no corpo do tambor, cercado por crianças da banda mirim, que têm a idade de vocês, crianças que me ouvem. Sob orientação dele, tocavam uma música assim:

MADALENA, MADALENA
VOCÊ É MEU BEM QUERER
EU VOU FALAR PRA TODO MUNDO
VOU FALAR PARA TODO MUNDO
QUE EU SÓ QUERO VOCÊ
EU VOU FALAR PRA TODO MUNDO
VOU FALAR PARA TODO MUNDO
QUE EU SÓ QUERO VOCÊ...

Manel aguardou os últimos versos para sinalizar às crianças o momento de parar, balançando a cabeça. Quando o comando do mestre foi atendido com um último toque no tambor, o pagamento veio com um sorriso dele.

— Muito bem, meninada! A Congar do Amanhã está tão boa quanto a Congar da Noite!

As suas palavras contagiaram a todos com sorrisos. As crianças aplaudiam e trocavam toques de mão e abraços vitoriosos. Aproveitando a euforia, Manel contou um pouco da história da música:

— Este congo já foi cantado por todo o Brasil, e quem sabe o mundo, na voz do Martinho da Vila, mas vocês conhecem a verdadeira história da Madalena?

As crianças responderam de diversas formas. Umas com um sonoro "nããããooo", outras com olhos e ouvidos abertos, esperando a explicação do Mestre Manel.

— Ah, bem! Olha, quem souber, pode me contar, viu? Porque até hoje ninguém soube me dizer qual Madalena é a verdadeira.

Como um griot levando a boa nova para um povo, Manel se levantou, gesticulando, interpretando um galante sedutor tentando beijar uma mulher.

— Há quem diga que a música nasceu no congo de Goiabeiras, lá em Vitória. Outros dizem que Madalena era uma garota que encantava a todos na Serra, e há ainda quem diga que ela era daqui, da Barra do Jucu, por quem um mestre de congo era apaixonado, mas esse amor era proibido.

As crianças observavam atentamente. Manel fez até biquinho, arrancando das crianças caras e gemidos de nojo e timidez.

— Ah, vocês estão fazendo essa cara agora! Quando estiverem mais velhos, vão fazer um bico pior que o meu!

Algumas crianças protestaram, ainda com nojo.

Sem perceber Madalena chegando, Manel simulava um abraço com beijo, como se estivesse namorando.

— Vocês vão ficar bem assim: *ai, meu amor, você é minha paixão! Você é a minha vida...* Madalena?

— Madalena?

As crianças olham para Madalena, surpresas, a intimidando.

— Hã... Oi, crianças!

A simples presença dela ali já causou alvoroço e uma enxurrada de perguntas:

— Tia, você é a Madalena da música?

— A senhora viveu um amor proibido?

— Você conhece o Martinho da Vila?

— Quem é Martinho da Vila, tia?

— Ué? Achei que esta era a nova geração da Congar da Noite, mas agora vi que é a nova geração de futriqueiros da Barra do Jucu!

Na esperança de proteger Madalena, Manel caminhou entre as crianças, as afastando da amiga:

— Deixem a tia passar!

— Tia, Manel?

— Tu prefere o quê? Avó?

Enquanto escoltava Madalena para a oficina, Manel olhou para trás, dando instruções às crianças.

— Meninada, fim de aula! Já sabem onde guardar o instrumento no lugar onde pegaram!

— Tio Manel, o senhor é Mestre de Congo, né? — observou uma criança curiosa.

— Yá? Você sabe que sou, menino.

— E o nome dela é Madalena.

Outra se juntou à primeira. Elas se olharam e o sorriso espevitado voltou a contagiá-las. Manel, corado, tentava conter as crianças que se sentavam nos tambores, tocando e cantando.

— Sim, e daí... Não, não tem nada a ver com a história...

MADALENA, MADALENA
VOCÊ É MEU BEM QUERER
EU VOU FALAR PRA TODO MUNDO
VOU FALAR PARA TODO MUNDO
QUE EU SÓ QUERO VOCÊ...

Manel, envergonhado, empurrou Madalena para dentro da oficina.

— *Crendeuspai!* Essa molecada malda tudo!

— Bem, pelo menos, você está fazendo um bom trabalho com eles. Estão tocando direitinho.

Protegidos das crianças, Manel trouxe dois copos de requeijão com o que parecia ser café. Madalena sentiu o aroma e olhou desconfiada.

— Desculpe o mau jeito ali com as crianças. Toma esse chá mate que eu passei pra gente.

— Obrigada, Manel. Quando bati o olho, achei que era café, mas você lembrou! Chá preto!

— Lembra que Benedita fazia pra gente polenta doce e chá mate?

— Sim! Polenta doce com coco ralado... — Madalena interrompeu a própria fala para dar uma golada no chá e sorriu, enquanto Manel devolveu o sorriso, orgulhoso. — Mas está uma delícia.

— Obrigado, eu sei! Mas me diz o motivo da visita! Veio subornar o meu apoio público para ficar com o título de Rainha da Congar da Noite?

Ela deixou o copo na mesa e tocou no peito com uma mão enquanto se apoiava no ombro do amigo, como se a frase a tivesse atingido no peito.

— Ai, Manel! Acha que eu viria pra cá te pedir algo assim?

— Você não seria a primeira! Pelo menos uma das três quis mais do que fazer a declaração de Imposto de Renda.

Madalena soltou uma gostosa risada enquanto dava um empurrão em Manel.

— Haha! Você é fogo, Manel! Não fala assim das senhorinhas...

— Ué! É verdade! Agora, fala! O que aconteceu? Com você e a Benê?

Ela deu um pulo ao ouvir o comentário. Já ele tomou um gole de mate e sentou-se à mesa da oficina.

— *Oh, my God!* Ela te falou?

— Não pra mim. Ela falou com Dona Tereza, mulher do Cirino, que comentou com a Marlene, a da costura, que tá fazendo a roupa da banda. Aí eu fui tirar umas medidas pruma calça...

Madalena cutucou Manel enquanto se sentava ao seu lado.

— Bem que o país podia privatizar o telefone sem fio aqui, né?

— Ô! A cobertura é uma beleza!

Os risos deles cessavam vagarosamente. Ao se lembrar do motivo da visita, Madalena franziu seu semblante.

— Manel, obrigada, mas acho que vou desistir dessa coisa toda. Era para ser algo...

— Afrontoso.

— Eu ia dizer familiar, mas tem um pouco disso também. Existir é afrontoso.

Ele pôs carinhosamente a mão no ombro dela e a olhou nos seus marejados olhos.

— Madalena, você tem o direito de afrontar. Quem saiu daqui como você foi "saída", era para nunca mais pôr os pés aqui. Sei que por baixo dessa mágoa, há um amor por essa terra e pelas tradições que ela carrega que é maior do que você, do que eu e a sombra do Seu Damião.

— Eu sei. Essa sombra não me afeta. O que me deixa mal é ver meu pai na Benedita. Acho que não tem nada mais aqui para mim.

— É, vocês, quando brigam, passam anos sem se ver. Mas vamos combinar que não temos mais 40 anos para curar feridas. E aqui você tem o mar, o sol e um cara que vai te apoiar para o cargo de Rainha do Congo. Topa?

Manel levantou a caneca de chá para um brinde. Com um sorriso recuperado, Madalena enxugou as lágrimas e brindou.

— Eu posso tentar!

— Para mim é o bastante, querida!

★★★

Dois dias depois, uma multidão estava em volta da banda de congo e de Dona Neusa e Madalena, vestidas de branco e segurando estandartes com símbolos da banda. Manel, com uma espécie de megafone analógico, gritava para a população:

— É, minha gente da Barra do Jucu! A gente tentou, mas nenhuma dessas duas moças quer largar mão do cargo de Rainha do Congo da Congar da Noite!

A euforia dele era recompensada com gritos da população. Madalena segurava um cordão de São Benedito com uma mão e a mão de Dona Neusa com a outra.

— E isso porque Dona Penha teve uma infecção na unha, e com a ausência sentida de Dona Isaura, que foi para um lugar melhor...

Momento de comoção de todos. Alguns chegaram a fazer o sinal da cruz, mas quando Manel percebeu o erro, tentou tranquilizar o povo:

— Calma, gente! Dona Isaura foi para um lugar melhor sim... Foi morar com o filho na Itália!

As boas novas fizeram todos suspirarem aliviados. Madalena e Dona Isaura estavam nervosas, esperando a resposta.

— Ai, Manel! Para de enrolar e fala logo, caramba!

Manel ria do nervosismo de Madalena. Na multidão, Benedita trocava olhares de cumplicidade com a irmã. Mais atrás, surgiu Sidney, brotando no meio do povo.

— FELIPE! Você é o Felipe, não é?

Madalena soltou a mão de Dona Neusa, assustada. Sidney avançou, rindo, passando por Benedita, também em choque.

— Bem que me disseram! Desde novinho, a gente via que você dava pra coisa! Por isso seu pai te escorraçou, né?

Manel ficou entre Sidney e Madalena, de punhos cerrados e peito aberto.

— Que merda é essa, Sidney? Vai pra casa, homem!

— Ué, Manel? Vai ficar defendendo o amiguinho, é? Vai ficar mal falado também!

Sidney estava tão obstinado a fazer o mal por alguém apenas existir que não percebeu Benedita chegando e o puxando pelo cabelo, o fazendo cair de costas no chão.

— Deixa minha irmã em paz, seu cachaceiro de merda!

Madalena olhou em volta. As pessoas a observavam de forma muito rotineira, mas sempre dolorosa. Ela se sentiu acuada. Em choque, tentou sair dali, mas deu de cara com Dona Neusa, que tocou seu rosto, procurando alguém ali.

— Felipe...?

— Dona Neusa, eu não sou mais Felipe...

— Felipe era um garoto de ouro. Ajudava o pai com os instrumentos, levava as minhas compras sem cobrar nada, sempre legal com a irmã... — Ela passou os dedos no rosto de Madalena, a fim de enxugar as lágrimas que brotavam. — Felipe foi a pessoa mais doce que eu conheci. E estou doida para conhecer Madalena.

As lágrimas de Madalena pareciam verter nos olhos de Dona Neusa, que pegou a mão da moça e a ergueu.

— Damião tinha uma filha e um filho! Hoje ele tem duas filhas. Alguém aqui, além desse idiota no chão, tem alguma dúvida disso?

O povo observava, contraído. Dona Neusa olhou em volta, bateu o pé e levantou a mão de Madalena novamente.

— UM SALVE A BENEDITA E MADALENA, FILHAS DE SEU DAMIÃO! SALVE, MADALENA, A NOVA RAINHA DO CONGO!

A multidão vibrava. Benedita se aproximou de Madalena, que estava fascinada.

— Menina... Aclamação!

— Também, Benê... E o medo de apanharem de você, tipo o cara ali?

Benedita não conteve o sorriso. Manel se aproximou de Madalena com o estandarte da banda.

— Acho que isso te pertence.

Ela recebeu, agradecida, o abraçando fortemente. A banda de congo começou a tocar. Madalena girava com o estandarte, junto com a irmã e Manel, que controlava a banda no apito.

★★★

De volta ao meu pequeno cais, tratei de expulsar as crianças para suas casas.

— Pronto! Promessa cumprida! Agora, vão levar o peixe para as famílias!

Sem discutir, as crianças pegaram seus peixes e se foram. Veio em meu encontro ele, novamente, desviando-se das crianças sorridentes.

— Vai querer o mesmo de sempre, patrão?

— Não me chame assim, Mestre Damião. E sim, um peixe.

O homem negro trazia uma coroa iluminada como as minhas crianças, que sempre me visitavam. Ainda assim, humilde toda a vida. Ou seria eternidade?

Entreguei meu melhor peixe, que seria feito com as melhores ervas.

— Aqui está! Valei-me, São Benedito.

— Obrigado, Mestre Damião. Aqui está o pagamento.

Ele me entregou um maço de coentro. Como fazia falta isso por aqui. Agradeci da forma que aprendi quando aqui cheguei.

— Ewé Ó, Ossaim!

Hoje, em homenagem às minhas filhas, meu peixe terá cheiro de casa.

O CHEIRO DO CAFÉ

Morro da Rocinha, junho de 2021, pico da pandemia. As nuvens de aproximam e os primeiros pingos tiram som das superfícies diversas: solo, latas, telhado, folhas, passos, correria, numa composição ritmada.

O cinza se faz presente onde antes o sol lambia a ladeira, dourando as casas equilibradas em uma encosta. Uma mulher encara o tempo e decreta com uma voz inconfundível de mãe que tem roupa no varal.

— Tá, mãe. (ai, ai, ai, frio!)

A garota treme a cada gota que a atinge como ofensa. À medida que a chuva aumenta, o ritmo dá lugar à cacofonia caótica das tempestades.

De um beco que dá acesso a uma escadaria estreita com ares de passagem secreta, surge Dedeco, um jovem gordo de camiseta e bermuda sujas, segurando uma bolsa de viagem pesada. Seus pés escolhem onde pisar com uma mistura de pressa e técnica, em um balé desastrado, até uma das portas de frente para o beco.

— Zêu! Abre a porta!

Dedeco cola o rosto na porta lavada e bate, mas só ouve a chuva. Bate novamente, gritando mais alto, competindo com quem tem todo o tempo para cair.

— Abre essa porra, Zêu!

Dentro da casa humilde, um rapaz magro vestindo uma regata de malhação, com tira fina atrás, mostra todas as costas magras, ossudas e arrepiadas pelas gotas que eventualmente não consegue se desviar.

Ele anda em zigue-zague, desorientado, segurando duas panelas como um caranguejo, checando os diversos pontos de gotejamento amparados por uma panela, uma vasilha ou copo, qualquer coisa que possa conter a goteira, nem que seja por alguns minutos. Quase todas as vasilhas estão cheias ou transbordando pela casa de apenas um cômodo.

Elizeu Firmino do Amparo, Zêu, identifica duas, troca pelas panelas em suas mãos e vai para a porta.

— Já vou, desgraça! (Perdão, Senhor!)

A resposta não vem de graça. Zêu responde o xingamento já batendo na boca.

Mais batidas na porta. Zêu ameaça abri-la, mas desiste num susto. Faltou a máscara! Ele a tira do prego, pendurada junto a um molho de chaves, e a põe no rosto.

— Eu disse já vai, caramba!

Zêu destrava o trinco e a porta se abre como um dique derrubado barraco adentro. Barulho, chuva, um corpo, uma grande bolsa e o anfitrião assustado.

— Qual é, Zêu? Demorou por quê, moleque? Tava se maquiando, porra?

Zêu olha bestificado para o arremedo de passado em sua frente. Tem tantas perguntas que enumera mentalmente, começando pelo motivo da presença de um conhecido do passado bater em sua porta no meio da chuva, naquele estado.

Ele. Logo ele. O coração bate no ritmo da tempestade, até a ordem tomar conta de volta daquele ser organizado.

— Dedeco? O que você está fazendo aqui... Caraca, Dedeco! Olha o meu chão! — Zêu aponta para as marcas de chinelo pelo assoalho na direção de Dedeco, abraçado com a bolsa na altura do peito, esbaforido e jogado no sofá.

— O que tem o chão? Nem dá para ver com esse monte de panela! Tu devia era olhar o teto!

Zêu pega um pano e vai enxugar a trilha molhada deixada por Dedeco, que está sentado no sofá, preocupado. Ele aponta para um armário.

— Levanta daí, filho da puta, forra a poltrona com aquela toalha!

Dedeco se levanta, deixando a bolsa de lado, e pega uma toalha na gaveta. Com o cenho franzido, estende o pano gasto na poltrona, sentando-se em seguida.

— Agora, me fala o que você veio fazer aqui no meio da chuva, Dedeco!

— A casa caiu, Zêu! A casa caiu!

— "A casa caiu?"

Zêu, ajoelhado no chão, torce o pano que usou para limpar a porcaria de Dedeco em uma das vasilhas. Ele olha surpreso para o amigo, com certa dificuldade de entender o que este quer dizer. Zêu se levanta e fecha a cortina improvisada, um pano preso com dois pregadores em pregos nas extremidades da janela.

— Como assim a casa caiu? A polícia estourou seu barraco e tu vem pra cá? Tu comeu merda, Dedeco?

Dedeco se contrai, envergonhado. Zêu tenta pegá-lo pelo braço, mas ele resiste, se levantando e indo para perto da bolsa.

— Não, cara! A casa caiu mesmo. A chuva levou. Primeiro o telhado, depois veio uma cachoeira de lama.

— O barraco que a dona Fininta comprou? Poxa, Dedeco, que merd... — Ao abaixar a cabeça, consternado pelo amigo, Zêu observa a bolsa e sua consternação dá logo lugar à indignação. — Peraí, isso não é o que eu estou pensando, né?

Dedeco pega a bolsa e avança em direção a Zêu, olhando-o nos olhos.

— Preciso de um lugar para colocar as coisas da gerência...

— Ô! Ôo! Não quero isso na minha casa não, André... Quer me foder?

Zêu desvia o olhar, mas Dedeco insiste em ficar na sua frente, soltando a bolsa no chão, em cima de um tapetinho feito pelo amigo. Dedeco segura Zêu pelos ombros para que este o olhe nos olhos.

— Cara, tu tem que me dar essa moral, eu só tenho você, velho!

— Agora você diz isso, né?... — Zêu profere essas palavras com um pouco de dengo e mágoa. O olhar se intensifica. Tímido, olha para a bolsa... molhando o tapetinho. — Porra, agora é o meu tapetinho! Você tá sujando a minha casa toda!

Zêu se apressa para se desvencilhar de Dedeco e corre para salvar o seu tapetinho. Dedeco toma a bolsa, batendo no peito. Zêu levanta o tapete molhado e o estende em um varal improvisado.

— Ah, deixa de frescura, Elizeu! Foca em mim, parceiro! Se eu perder, o gerente me mata! Deixa eu ficar, porra!

Zêu encara Dedeco e aponta para a máscara em seu rosto.

— É que eu tô isolado, Dedeco! Você não pode ficar entrando aqui! A covid tá matando! Você tomou algum cuidado? Aposto que não!

— Que mané covid, Zêu! Eu tô isolado desde que entrei pra boca! Viu alguma notícia de vagabundo morrendo de covid? É mais fácil morrer de tiro, mané!

Sem paciência, Dedeco joga a bolsa no chão e tira a máscara de Zêu, o assustando, fazendo-o puxar a camisa para a altura do nariz, cobrindo o rosto.

— Ah, vai vendo! Não funciona assim não, Dedeco!

Zêu pega na mesa o frasco de álcool em spray e para na frente de Dedeco, dando um suspiro.

— Estende as patas aí.

Dedeco bufa, revirando os olhos, mas estende as mãos. Zêu espirra o álcool nas mãos e braços dele, enquanto este pragueja baixinho.

— Essa porra, viu?

— Nem adianta reclamar, Dedeco! Meu cafofo, minhas regras! Não pode vacilar com a bicha não, cara! Tá matando geral...

Dedeco se contrai, tentando conter o riso, interrompendo Zêu. Ele solta o sorriso sacana ao ver a cara de curiosidade do anfitrião.

— Que foi?

— "Bicha!"

Zêu dá um tapa no ombro de Dedeco, que se contrai e ri.

— Ah, se fudê!

— Bem que você queria, né, Zêu?

Dedeco encontra o eco de seu sorriso em Zêu, enquanto este continua passando álcool no braço do amigo ensopado. Os sorrisos diminuem devagar, até sobrar apenas o som da chuva e dos pingos na panela. O toque é apreciado pelos dois.

Quando percebem o silêncio chuvoso, voltam a si e se afastam. Dedeco pigarreia, olhando para o chão. Zêu pega uma blusa e joga para ele.

— Você... continua na igreja?

— Hm-hm... Quer dizer, mais ou menos, né? Corona.

Zêu leva a bolsa para a cama de solteiro, arrumadinha. Se ajoelha ao lado da cama e empurra a bolsa para baixo, em um movimento fluido como água procurando um buraco para gotejar. A sinfonia de gotas e a visão que Dedeco tem assim que coloca a blusa são as costas de Zêu se contraindo ao receber uma gota de chuva como alguém se divertindo em um tobogã. O pulo do moço esguio faz Dedeco sorrir.

Zêu percebe o amigo sorrindo e se senta no chão, escorado na cama, enquanto se enxuga com a mão.

— O que foi?

— Nada não. Pensei numa coisa aqui.

Dedeco coça a cabeça, não sabe onde pôr as mãos. Zêu se delicia com o embaraço do amigo.

— Agora fala, né? Quero rir também.

Dedeco entra no jogo e dá um sorriso tímido.

— Lembra que a gente não podia ver uma chuva que corria pra baixo da casa da dona Nefa?

Zêu dá um sorriso, revirando os olhos, buscando na lembrança a casa da Dona Nefa.

— Dona Neeeeeefa! Claro que lembro! Fazia um café maravilhoso! — Ele oferece a mão para Dedeco, solicitando ajuda para se levantar, e é atendido prontamente.

O amigo revira os olhos, puxando pela memória. Já de pé, Zêu vai para o fogão.

— Aguado e doce! Era bom pra gente na época...

Zêu aponta para a leiteira com água da chuva.

— Ah, Dedeco! Não estraga a minha lembrança! Me passa essa vasilha que deu até vontade de fazer um!

Dedeco a pega e entrega a Zêu, e o toque das mãos faz com que os dois viagem para alguns anos do passado, mais precisamente para a casa da Dona Nefa.

Era um dia de chuva como este, mas batendo em uma casa de alvenaria sustentada por colunas na encosta. Dedeco, um adolescente de apenas 16 anos, e Zêu de 15, sorridentes, correram para baixo da casa para se abrigar da chuva com canecas esmaltadas. Correram era modo de dizer, faziam mais uma marcha atlética para não derramar o café quente.

— Ó, se esquecer de trazer as canecas, num ganha mais, tá ouvindo, seu André? Tá ouvindo, seu Elizeu?

Um uníssono "Sim, Dona Nefa" ecoou das crianças enquanto desceram para um pequeno espaço abaixo da escada da casa. Era uma parte protegida da chuva, uma espécie de cabaninha. E assim a tratavam: cabaninha.

Mal Zêu se sentou com seu café e Dedeco já tirou sua paciência: botou o dedo na boca e pôs na orelha do amigo, fazendo-o derramar parte do café no braço.

— Será que cera com café fica bom?

— Caralho, Dedeco! Quer me queimar, porra?

Dedeco fechou as mãos em um movimento de masturbação, rindo de Zêu.

— Ih, foi logo o braço da punheta, né? Agora não vai dar mais pra bater umazinha, né? Punheteiro!

Dedeco aproveitou a guarda baixa de Zêu e beliscou o seu mamilo, fazendo-o pular de susto e empurrar o amigo.

— Ai! Porra, Dedeco! Eu já falei para você parar com essas merdas, que eu não te dou essas confianças não!

Dedeco não dava trégua e, olhando para o braço de Zêu, caçoou:

— Ih, tá todo arrepiadinho...

Ele riu sozinho. Zêu despejou no amigo um silêncio acompanhado com um gole de café. Dedeco se afastou, contrariado, sentando-se em um caixote feito de banco. A chuva encachoeirava e transformava a escada-teto da cabaninha. Zêu olhou para Dedeco, sentido. Ambos sentiam frio, esquentando as mãos na caneca de café. Quebrando a monotonia da chuva pesada, Dedeco deu uns tapinhas no espaço ao seu lado no caixote, olhando para o amigo.

— Senta aqui. Me desculpa.

Desconfiado, Zêu olhou para os lados, procurando algum olhar acusatório, encontrando apenas casas de janelas fechadas. Tentou conter um sorriso ao sentar-se ao lado de Dedeco.

Os dois tomavam o café, já morno, e depois de um gole, Zêu percebeu a fumaça saindo da boca de Dedeco e riu.

— Que foi? — Dedeco riu de volta, ainda sem saber o motivo.

Zêu respondeu baforando para o amigo ver. Da sua boca brilhante e molhada saiu vapor. Dedeco riu.

— Ó! Fumacinha!

Dedeco viajou no sorriso de Zêu, mas se espantou quando viu o amigo levantando bruscamente e se mexendo languidamente como uma atriz se preparando para uma cena.

— Peraí que eu tive uma ideia. — Zêu caminhou até Dedeco como uma fina socialite, fingindo estar com um cigarro na mão. — Oi, você tem fogo?

O amigo tentou não rir, mas quicou espremendo a risada que transbordava pelo nariz, tirando Zêu do personagem.

— Ah, Dedeco! Bora fazer sério!

— Tá bom, tá bom!

Dedeco pigarreou, tentando expulsar o riso. Zêu retomou seu personagem e se aproximou lentamente, seus rostos ficaram a uma distância de um cigarro. Dedeco fingiu abrir um isqueiro e acender o cigarro imaginário. Os dois se olharam. Zêu jogou uma baforada no rosto do amigo.

— Cheiro de café...

— Verdade.

Dedeco e Zêu ficaram ali, sentindo suas respirações de café. Como uma diva hollywoodiana, Zêu ofereceu um pouco mais de si ao seu admirador, que avançou em um beijo. Dedeco fechou os olhos e sentiu a língua do amigo, até realizar o feito e, assustado, se afastar.

Dedeco aspirava o mundo quando olhou para Zêu, de costas para uma cortina de chuva. Era cena de cinema. Os amigos se olharam, de peitos inflados, corações pulsantes, com a "fumacinha" saindo da boca. Já não era mais causada pelo café, outra coisa os fazia ferverem por dentro.

Eles eram duas chaleiras de desejo.

Os olhos de Zêu pediram mais. Dedeco atendeu, beijando de olhos abertos. Parecia um desastre anunciado.

Dedeco olhava a chuva, a pele preta e os olhos fechados de Zêu, que viajava. Onde se desenhava desastre, ele viu poesia. Se sentiu seguro para também fechar os olhos e envolver Zêu com seu corpo em um abraço, em meio à tempestade em sua cabaninha.

Hoje chove tal qual aquele dia e a cabaninha é maior, mas com goteiras contidas até por um pano. No espaço improvisado como cozinha, Zêu manuseia com cuidado a panela com água quente, sendo passada no coador para um café.

Dedeco pega o pano molhado e o torce em outra vasilha, o pondo novamente no lugar.

— É estranho ver você aqui.

— Por quê, Zêu? A gente não é amigo?

— Não sei? A gente é?

— Claro que é!

Zêu contrai os ombros enquanto adoça o café com uma quantidade anormal de açúcar. Dedeco olha para o copo e sabe que é para ele, então vai em direção ao amigo.

— Não parece. Você sumiu, não me olha, não conversa comigo, a gente não foi mais à praia...

O constrangimento de Dedeco mostra que tudo aquilo não são impressões, e sim fatos. Ainda assim, pega o copo, agora mais pesado com a mágoa de seu amigo, e se senta, constrangido. Zêu toma o café, aquecendo as mãos no copo, depois as levando para os braços.

— É que tava pegando mal, né? Você sabe como esse povo fala. Que moral eu teria se...

— Se o quê, Dedeco?

Dedeco engole as palavras com café, como viu seu amigo fazer no passado. Zêu termina um gole e, ao falar, sente a fumacinha saindo da boca. Dedeco o olha e relembra. Estica os dedos timidamente e finge estar com um cigarro nas mãos.

— Você tem fogo?

— Não tô a fim de cigarro não.

Zêu o olha sério. Não quer se vender por pouco. Dedeco olha para a bolsa.

— E quem tá falando de cigarro?

Minutos depois, a bolsa está aberta ao pé da cama. Dedeco bola um baseado enquanto Zêu observa, de pernas cruzadas, como um aprendiz.

Dedeco acende a chama entre as goteiras. Zêu toma um gole de café enquanto o amigo dá uma tragada no baseado. Os dois se beijam. Quando terminam, sai fumaça da boca dos dois.

— Teu café é bom, mas não é o mesmo gosto do café da Dona Nefa.

— É, mas eu prefiro assim.

Zêu avança em Dedeco, tirando a sua roupa.

— Ué, não foi você que disse para eu não estragar suas lembranças?

— Nós não estamos estragando as minhas lembranças, estamos criando novas.

Zêu tasca um beijo em Dedeco, beija seu pescoço, morde o peito, vai descendo para suas coxas. Uma sinfonia de gotas faz a trilha sonora da cena de amor entre eles.

Nós, que fluímos, evaporamos e chovemos, vemos de tudo. Às vezes, vemos tudo pela janela. Outras vezes, vemos pingando pelas casas. Somos testemunhas de coisas tristes, derrubamos casas, inundamos tudo, procurando o caminho do rio querendo ser mar, mas também regamos solo seco, vemos vida gerada e amor renascendo.

Como o de Dedeco e Zêu.

SANTA DONA NEIDE DA GARRAFA TÉRMICA

— Você não vai pra rua, Leidiane! Meu Orixá de Orelha tá dizendo que não!

Dona Neide batia o terceiro bolo na cozinha apertada. O calor do forno ligado transformava o local em uma sauna.

— Ih, Dona Neide! Nem vem com essa coisa de Orixá de Orelha que a senhora não me bota medo mais não, viu? Além do mais, todo mundo vai na manifestação, mãe!

— Todo mundo não, porque a senhorita não vai! Não quero você metida em confusão.

Leidiane tentava ignorar a mãe e se concentrar no espelho, apalpando o cabelo cheio, o puxando para os lados. Seus olhos arregalados denunciavam o quanto ela achava absurdo o protesto da mãe.

— Mas até senhora vai! A senhora, que está beirando os quarenta, vai se meter em furdunço e eu não posso?

— Eu vou a trabalho!

— Bolo e café num protesto na Rio Branco, Dona Neide?

— Ué, e quem protesta não tem fome?

Dona Neide sorria debochadamente enquanto enxugava com pano de prato as gotas de suor que escorriam pela sua pele de tom amadeirado.

— Principalmente quem protesta, mãe! Mas bolo e café não resolve o problema do povo.

— O nosso resolve, filha.

— O nosso o quê? Bolo ou povo?

— Os dois! O bolo é nosso e nós somos povo também! É assim que eu te sustento. Agora, deixa eu ir.

— Mas, mãe, a gente só tem a gente! Não me deixa aqui, preocupada com a senhora, por favor!

—...Tá. Vem, mas fica colada na barra da minha saia!

— Eu não tenho mais dez anos, mãe.

— Por isso mesmo, menina! Que saudade daquela época!

Mãe e filha embarcaram no metrô de São Cristóvão com o carrinho de compras, tocando o negócio da família.

— Vamos mais pro meio, mãe!

— Acho que já está bom aqui, Leide.

Dona Neide já chegou enrolando uma fatia de bolo em um guardanapo e entregando para um rapaz de mochila.

— Quanto é?

O rapaz se ajeitou, procurando o dinheiro na mochila.

— Quatro reais.

Um sopro no ouvido fez com que Dona Neide não conseguisse evitar a olhada para dentro da mochila do cliente.

Olha a mochila, tia.

— O que...? O que você tem aí, menino?

— Nada, tia!

Ele tá mentindo, tia.

De vez em quando, Dona Neide sentia essas coisas, como se estivesse ouvindo alguém. Ela o batizara de Orixá de Orelha. Com a autoridade que só uma mãe tem, Dona Neide enfiou a mão dentro da mochila do ex-cliente, pálido como uma vela.

— Rojão? Para que tudo isso de bomba, rapaz? Flamengo joga hoje? Se bem que você tem mais cara de torcedor do Vasco...

— Fica na tua, tia.

— Tia não, porque se eu fosse tua tia, você não estaria com essa coisa na mochila.

De onde estava, Leidiane só via o rapaz reclamando com a mãe, tentando pegar a mochila de volta.

— O que que tá pegando, mãe? Qual foi, branquelo?

— Essa mulher não quer me devolver a minha mochila.

— Já te devolvo sem essas merdas!

Sem cerimônias, Dona Neide catou os rojões e tacou na sacola em seu carrinho, para protesto do manifestante.

— Puta que pariu, mãe! O que você está fazendo?

— É, dona! O que você está fazendo?

Some com isso, tia.

Ninguém viu o homem chegar. Se fosse um ladrão, teria roubado todo mundo, mas era pior.

— Calma, seu guarda!

Leidiane se mexia com cuidado, mostrando as mãos espalmadas na altura do peito. O policial chegou espionando o carrinho antes mesmo de perguntar.

— O que a senhora colocou na sacola?

— Bolo e café, o senhor quer?

— A senhora tem esquema com aquele garoto que estava aqui?

— Estava? Desgraçado! Mãe, a senhora não é obrigada a falar nada com esse policial.

— Não sei de esquema, seu guarda. Ele comprou um bolo e foi embora.

— Me mostra aí, senhora.

Te prepara para a guerra, tia.

Dona Neide estava disposta a obedecer, assim como fazia toda vez que era parada desde a sua adolescência. Isso havia acontecido muitas vezes quando tinha a idade da filha, que hoje a via mexendo na bolsa, pronta para mostrar os rojões que escondera.

Porém, antes que a mãe se acusasse, Leide segurou a sua mão, se pondo entre ela e o policial.

— Minha mãe não vai mostrar nada. Você não tem direito de abordar assim uma trabalhadora.

— Ah, é? Então vou te levar por desacato!

O policial sequer ameaçou, apenas deu como certa a sua sentença. Ao ver uma pequena confusão começar, uma pessoa sacou seu celular e começou a gravar.

Neide gritou, mas foi segurada por outro policial. O esforço para transpor a muralha que a separava da filha, pega à força pelo policial e conduzida à viatura, derrubou o carrinho, evidenciando uma das garrafas térmicas.

Guiada pela indignação de uma mãe, Neide arremessou a garrafa térmica na nuca do policial, única parte descoberta do seu uniforme.

O ataque teve efeito imediato. O policial caiu, outros mais exaltados começaram a empurrar manifestantes. Aí aconteceu algo que garota nunca esqueceria. Um sopro no ouvido parecia uma mensagem nítida demais para duvidar.

Segue, que eu cuido dela, prima.

Sem pestanejar, Leidiane seguiu o conselho soprado e sumiu na multidão feita de gritos, caos e gás de pimenta.

Semanas se passaram e o vídeo de Dona Neide ganhou milhares de compartilhamentos e comentários indignados com o sistema jurídico brasileiro, que ainda mantinha presa uma mãe disposta a tudo para proteger sua filha. Dona Neide rendeu memes, ilustrações, paródias e até mesmo um joguinho onde era possível fazer uma mulher muito parecida com ela jogar garrafas térmicas em policiais, acumulando pontos.

Outros atribuíram a cada manifestante que, assim como a filha Leidiane, conseguiram escapar de ir para a prisão, um milagre para uma certa santa.

Santa Dona Neide da Garrafa Térmica.

TROCA DE GUARDA

O cumprimento, obrigada, que me corta como beira de papel: *Obrigada.*

Não veio o sapato. Tudo vai, mas não volta. E em dupla. São gêmeas, porra.

Vou mandar com a roupa do corpo da próxima vez.

Elas estão com piolho. PIOLHO. Sei que são crianças, mas avisa.

O remédio acabou. Minha vez ou sua vez? Quando é antibiótico é sempre a minha vez, já reparou?

Não, elas não incomodam. Não, elas não têm culpa. Sim, elas têm nome.

Suas filhas estão... Suas filhas fizeram... Suas filhas não...

Sim, são minhas, minhas razões de vida.

Eu vivo por elas.

Aliás, só vivo por elas.

Eu

não

vivo,

tá

bem?

Sim, já estão arrumadas, logo estaremos aí.

Se estou chorando?

Sim, já tô com saudade.

Cuida bem delas, ok?

CARINHOSO AO FIM DO MUNDO

— Você vai ficar quanto tempo por aqui?

— Até o fim do mundo, se deixarem.

O homem que me respondeu, com um sorriso amarelado, tinha como o "por aqui" dele um banco em frente ao metrô da Carioca. Eu perguntei se ele ficaria ali tempo o bastante para eu ir ao banco, pagar umas contas. A intenção era dar o troco a ele, pelo bom trabalho realizado ali.

Esse cara tocava sax divinamente bem e, como todo homem preto que anseia arrancar o mínimo de empatia do povo em volta, estava vestido com o cuidado possível. O terno apresentava algum uso, afinal, era seu uniforme de trabalho, mas impecável diante das adversidades. A pele, tão preta que não dava para saber se nascera assim ou se o cruel sol do Rio o castigara.

A cabeleira, vasta, criava seu próprio eclipse. Fiquei à sombra dele por uns minutos, ouvindo um pouquinho não só de sua música, mas da sua história.

— Vivo boa parte do tempo na rua, mas moro em Campos. Às vezes durmo por aqui mesmo, porque não vale a pena o tempo para ir em casa, tá ligado? Tomo banho onde deixam, como o que posso, encanto com essa coisinha aqui.

O saxofone era bem-cuidado e tinha até pedigree.

— Foi presente do finado Jô Soares! Sabe aquele apresentador "forte"?

A expressão denunciava a idade. Ele quis dizer "gordo", assim como as amigas da minha mãe falavam quando me viam. *Ele está fortinho, né?*

Não. GORDO. Eu era gordo. Eu ainda estava gordo, aliás. E o Jô, claro, também era gordo. Aliás, o programa dele tinha Gordo no nome.

Divaguei de teimoso porque era difícil formular pensamentos ao som de *As rosas não falam*, tocada de forma gutural no sax.

O cara sabia fazer aquele instrumento gritar como a Elza Soares, um luxo.

Apaixonante.

Gostaria de conseguir tirar da pequena gaita que levava na bolsa um décimo do que aquele homem tirava de seu instrumento. Eu a acariciei duas ou três vezes, contendo o impulso de desentocá-la e tocar sei lá o que ali com ele.

Mas o tempo era curto para mim, que ia ao banco. As contas não esperariam tanto quanto o senhor do sax na Carioca. Dei as costas e substituí o maravilhoso som daquele instrumento pelo streaming de meu celular.

Enquanto ouvia, corria em minhas redes, entre uma piada sem graça e uma opinião caça-like, a notícia de uma nuvem, vinda da Europa, de formato circular, que já cobria boa parte do céu do estado. Cada post parecia ter o cuidado de mostrar que se tratava de um fenômeno desconhecido, mas que os maiores cientistas do país estavam empenhados em descobrir a origem daquilo.

CNN, Globo, Fofoca do Dia. Todo mundo dava a mesma notícia, reunindo vídeos de pessoas que tiveram a sorte de postar antes de sumir das redes. Nenhum post depois da nuvem, pelo menos, não dos usuários europeus.

A primeira coisa que me veio à cabeça foi: Por que nossos pesquisadores estão empenhados em descobrir se essa nuvem veio da Europa se pesquisadores europeus podem certamente nos dizer o que é?

Em um áudio que chegou no meu WhatsApp, estava a resposta que parecia ter acessado o algoritmo dos meus pensamentos, me pondo a par da situação:

Milhares de pessoas tentam fazer contato com vários países da Europa à procura de notícias, mas todas as comunicações foram interrompidas.

Eu olhei para a mulher no caixa, batendo no monitor. Parecia que o sistema não estava funcionando. Os rostos de interrogação se repetiam em outros caixas, e a minha mente conspiratória começou a funcionar: dentro de um banco não me parecia ser um bom lugar para estar no momento de pânico, e eu estava começando a ficar nervoso.

Passei pela porta giratória aos trancos e me deparei com uma rua cheia de pessoas tão assustadas quanto eu, olhando para o céu.

Ao longe, a nuvem – a tal da Europa – se aproximando. Resolvi tirar uma foto e constatei que o meu celular havia parado de funcionar antes que terminasse a declaração do prefeito do Rio sobre a nuvem:

— Fiquem em ambientes cobertos e fechados. Não vamos deixar acontecer aqui o que aconteceu nas maiores cidades do mund...

— E o que aconteceu?

O pedaço de tela preta que virou o meu celular não me responderia. Corri na esperança de encontrar um orelhão para ligar para a minha família, mas lembrei que não sabia o número do telefone fixo e... não me lembrava da última vez que vira um telefone público no centro do Rio.

Os carros parados com cidadãos irritados dentro deles mostravam que o que afetara meu celular, os afetara também. A paisagem ainda soava familiar. Pessoas socando o volante, reclamando do trânsito.

Corri para a entrada do metrô da Carioca e vi que o problema persistia por lá. Centenas de pessoas subindo as escadas, reclamando que tiveram que andar pelos túneis e trilhos para chegar à estação. Um trem com problemas? Ainda familiar.

Mas com toda aquela movimentação, o senhor do sax não estava lá. Fui seguindo a multidão em direção ao Largo da Carioca, em passos apressados, fugindo da nuvem que avançava lentamente, cobrindo tudo o que a minha vista alcançava.

No meio da multidão, ouvi o som do sax novamente.

Ele tinha ido para um lugar mais aberto, livrando-se do caos que estava em torno do metrô. Pensei se deveria ficar por ali, onde ele resolvera reverenciar o desconhecido ou, como no Titanic, acalmar as pessoas diante de um derradeiro final. Sem poder me despedir da família e percebendo a inviabilidade de caminhar por mais de vinte quilômetros até minha casa, achava que, pelo menos nesse momento, deveria pensar em mim.

Assim pensado, tirei minha gaita da bolsa. O senhor me olhou.

— Sabe tocar isso?

— Pouca coisa.

— Tipo o quê?

— *Carinhoso,* de Pixinguinha.

— E de João de Barro.

Eu acenei com a cabeça enquanto molhava os lábios e encaixava a gaita na boca.

Ele me respondeu com uma bela introdução, fazendo um sinal com a sobrancelha para que eu começasse a tocar.

E assim fiz enquanto a nuvem se aproximava.

Souvenir

Novo na repartição?

Nah, vim do oitavo andar.

Ah, gerência de Balam, né?

Sim, demônio bão.
Passei alguns séculos por lá.

Qual departamento?

Filosofia.

Ah, minha tortura preferida. Iluminar desesperançosos...

Que delícia!

Mas com o tempo fica chato, sabe?

Pois é, eles não sabem o que fazer com tanto saber. Palavras não dão vazão a séculos de conversa.

Ah, mas esta é a parte boa. Eles
piram, tiram os olhos.
Já viu um desses correndo sem?

Ah, um clássico. Sabe o que eu gosto de fazer?
Eu seco, envolvo no vidro... dão lindos pingentes!

Massa! Você tem aí para vender?

Não... mas tenho alguns diamantes em forma de estrela.

Uau. Qual a procedência?

Eu recebo de alguém que conhece alguém que cultiva nos rins de uns coitados no quinto andar.

Hmmm... Coisa fina.

Na verdade, coisa grossa, uma dór para tirar...

Dor ou dó?

Dó na gente, dor nessas coisinhas.

Antes fossem feitos de barro.

Tenho alguns desses, vieram da primeira fornada. Quer?

Preciso de algo mais impactante.
Estou fora de casa há um tempão.
Quero que a patroa me receba com o pau pulsando.

Eu tenho um coach.

Um coach?

Ele acha que está em um momento de mentalização e que vai conseguir tirar algo que possa usar em seu curso quando sair do transe.

E daí?

Já são trinta anos no processo, acha que vai acordar a qualquer momento.

E o que eu faço com um coach?

Dê ele de presente e o acorde. Quando ele perceber que não está sonhando, o grito dele vai fazer verter o Monte Vesúvio entre os tentáculos de sua companheira, certeza.

Tá, eu levo o coach, mas me vê dois
pastores no pacote.
Pompeia vai arder uns séculos.

@TRAÍRA

20/03/11 – 17h22

Coé Toninho!

Oi?

Tudo certo para hoje mais tarde?

Quem está falando?

Glassom

Gladson*

Sou eu, pô!

Isso não tem graça.

?

Sério, quem tá falando?

É Gladson, Antonio. Tudo certo pra mais tarde?

Olha, na boa, se vc não disser quem é na real, eu te bloqueio. Isso não se faz, caraio!

Qual é, Toninho? Não tá reconhecendo o meu número?

É o Gladson, não joga esse caô, que foi tu que pediu uma carona para a festa da Julinha.

Que Julinha, cara?

Julinha

da Lagoa

Tu pediu carona

Falou que não vai de carro pq vai beber.

Eu não falo com a Julia há anos

Sério, quem é vc?

Porra deve tá bebão, cara.

Deixa que eu vo sozinho.

Não, cara. Vai não.

É o Gladson mesmo?

Não, é o...

E quem tu achou que era?

Cara, pelo amor de Deus, não sai daí.

Que?

Sério, cara. Sai não. Falando sério.

Tá.

É você mesmo, Gladson?

Claro.

Jura pela sua mãe mortinha

na ponta da faca?

Ai, num fode!

Num brinca com essas coisas de morte não, cara.

E A GENTE TÁ ATRASADO PORRAAA!

Vamo pra festa da Julinha beber ou

vai ficar nesse papo caído?

Cara, não tem festa, não tem Julinha.

Caraio

Ela cancelou?

Não, cara.

Eu tô me cagando aqui para te perguntar uma parada.

Jura que é o Gladson?

Aff ☹

Juro.

Tá, agora não pira se eu te perguntar uma parada?

Porra.... vai, manda

De onde você está falando?

Como assim?

De onde você está fazendo contato?

Por que eu?

Haha.

Ok.

Estou falando de casa.

E você me você pediu carona pra festa da Julinha.

Não, cara. Não tem festa, não vejo Julinha desde o acidente.

Que acidente, Toninho?

[ToninhoToni fé no forrozão está digitando...]

O seu, cara.

Tu bateu com seu carro

fugindo da Lei Seca

vc tá morto.

[Gladsoul está digitando...]

Vc tá aí?

VC TA DOIDO DESGRAÇA

QUE ISSO DE MORTO O QUE

VIRA ESSA BOCA P LÁ!

[ToninhoToni fé no forrozão Te mandou um link]

O que é isso, Toninho?

Clica aí.

Vc morreu Gladson.

Faz 4 anos já.

Para de falar merda

Clica no link então

Peraí

Viu aí?

CARAIO

Isso tá errado. É piada, né? Quem fez esse santinho de sétimo dia com a minha cara, mano?

Tá não, cara.

Eu fui ao seu enterro.

Te vi lá.

Por isso eu tô perguntando de onde você tá falando.

Céu? Inferno?

Tô falando de casa, cara!

Tomando umazinha de leve

Ia te buscar mais tarde...

Isso que você tá falando

Aconteceu há 4 anos.

4 anos o que, doido????

A gente se viu ontem

Combinou de ir na Julinha

Como posso tá morto desde 2011 se a gente se viu ontem?

Você morreu em 2011, Gladson

É 2015.

17/04/2015

Aniversário da minha filha

Para de zuera

Vc não tem filha

[ToninhoToni fé no forrozão te mandou uma foto]

Caraca, você tem uma filha??

Ela tem 2 anos

Eu não sei como, Gladson, mas eu tô falando com você e você está morto

Cara, isso é coisa do demo.

Ou de Deus, sei lá.

Isso é muito Black Mirror

Que? Black Mirror?

O que é isso?

Deixa pra lá

Tô passando o maior

cagaço aqui

E como você acha que eu tô?

É um pesadelo!

Tu disse que eu morri num acidente

Cara, surreal

Foi a caminho da festa da Julinha

Hoje?

Eu vou morrer hoje?

Fugindo da lei seca

Vc acaba atravessando a pista e um carro que vinha atrás pega em cheio o seu lado

Caixão fechado, mano.

Tá doido que vou pisar fora de casa hoje!

Será que adianta?

Como assim?

Tipo, você tá morto

Se eu não tô sonhando e tô falando MESMO com

você no PASSADO, será que seu destino já não está escrito?

Eu não sei como isso é possível, mas eu estou aqui, vivo, falando com você no dia que você me diz que eu vou morrer

E eu n quero morrer.

Ngm quer

Mas eu não quero morrer tão cedo

Eu não sei se vai adiantar, mas então segue o seu plano

Não sair?

Isso. Reza pra dar certo

Vo tentar

Eu queria conversar mais, mas eu tô passando mal com essa conversa

se eu não conseguir falar com você

e pq deu ruim

*é

Cara, se pega em Deus

faz o que vc pensou

vou torcer p dar certo

Tá eu vou fazer

Até mais

Ou não rs

Vai dar certo, Gladson

Gladson?

Oi?

Ainda aí?

Gladson?

Deu certo?

...

..

.

.

.

Oi

Quem é?

Gladson? Deu certo?

Quem tá falando?

Toninho, cara! Deu certo?

Aqui tá o nome de outra pessoa

É o meu número, Gladson

Deu tudo certo?

Cara...

Deu mais ou menos.

Ainda é 2011 aí?

Não

Então deu certo, porra!

Deu sim

DEU CERTO!

QUE ALÍVIO

GRACAS A DEUS

bora marcar um chope, comemorar isso.

Você passou a perna no destino!

Passei, acho.

Que loucura isso cara.

Onde eu te encontro?

Pra quê?

Pra gente comemorar, ué!

Não vai dar, Toninho...

Saquei.

O que você está escondendo de mim, Gladson?

Escondendo nada, cara.

Só acho que a gente não vai conseguir se encontrar

Explica isso, cara

Vc não tá falando de 2015?

Toninho... deixa pra lá.

De onde vc tá falando, Gladson?

fala cara

[Gladsoul está digitando...]

Calma

2025

E onde eu estou?

Toninho, você morreu.

Como assim morri? Quando?

17/04/2015, cara. No dia do aniversário da sua filha.

Deus do céu

Puta que pariu

E como eu morro?

...

Fala cara

Como eu morro?

Gladson?

Eu não vou contar, Toninho.

Quê? Como assim?

Toninho, eu tive muito tempo para pesar no que aconteceu.

*pensar

No que você pensou???

Eu vou morrer hoje e você

não quer me contar como???

FILHO DA PUTA

Você me contaria que eu morreria se soubesse que poderia morrer no meu lugar?

CLARO QUE NÃO

AINDA MAIS UM TRAÍRA

COMO VC

Então você já sabe a minha resposta, amigo.

Eu agradeço o que você fez por mim, eu tenho uma família linda e não posso arriscar tudo

Gladson, pfv cara

não me deixa aqui sem saber

Toninho, eu sinto muito, mano. Não sabe como tenho sofrido esses anos,

mas eu não quero morrer ainda.

E como você tem

ctz que vai morrer se

me ajudar?

É isso que tem me fodido a cabeça, mano

Eu não tenho certeza.

Vou te bloquear.

Não faz isso Gladson

GLADSON!!!

NÃO FAZ ISSO CARA

GLADSON

[Gladsoul Monteiro – Feliz com as graças de Deus bloqueou seu número]

A FAMÍLIA VOGAL VAI AO MERCADO

Sou o caçula de cinco irmãos.

Ailton, Elisa, Isabela, Orlando e eu, Uilliam. Nossos sobrenomes era Silva, mas todo mundo chamava a gente de Família Vogal. Meus irmãos e irmãs odiavam, mas eu achava legal. Por que ser "Silva", como tantos, se podíamos ser "Vogal"?

Uilliam. Assim mesmo. Nome deu trabalho, é difícil de escrever! Quando moleque, esse "U" em letra cursiva me matava. E esse i, dois eles, i de novo, a, eme (ou mê, como dizia uma amiga baiana) ... Sempre confundem, colocam "ene" e eu preciso fazer mais uma perninha para consertar.

Uilliam Silva. Ou Uilliam Vogal.

Minha mãe, Dona Aurélia, que teve a ideia. Aproveitou que tinha nome de dicionário e resolveu tascar nos filhos.

Ela tinha tudo na ordem, e plano B pra todo mundo: Se Ailton viesse menina, seria Arline. Tinha Elisa e Eloá, Isabela e Ives, Orlando seria Odete e Uilliam... Ursula.

Depois que o meu pai partiu, cada pessoa teve que ajudar a mamãe. Ailton e Elisa, mais velhos, assim como a mamãe, trabalhavam fora. Isabela ajudava a mamãe na casa depois da escola, enquanto Orlando e eu, bem, tirávamos todo mundo do sério, brincando por aí. Mas é claro que nós tínhamos nossa parcela de colaboração, depois da escola!

Recolhíamos roupas no varal...

Limpávamos o quintal...

Íamos na rua comprar pão e coisas pequenas...

Era uma época de ruas com poucos carros e todos nos conheciam. Ir A gente aprendeu muito indo fazer as coisas na rua, o problema é que nem sempre a gente acertava. Era para comprar um tipo de arroz, gente comprava outro! Era para comprar leite em pó, comprava leite de saquinho.

Ovos enrolados em papel, que na correria um ou outro quebrava.

Era uma ida e vinda, subindo e descendo a ladeira sem parar.

Mas o melhor momento era quanto o pagamento chegava, a família se reunia para fazer a compra do mês no Mercado do Seu Neto.

Seu Neto era um senhor velhinho, velhinho, que era dono do estabelecimento onde tinha de um tudo.

Dizem que ele era desconfiado, mas tão desconfiado que não deixava ninguém mexer com dinheiro. Ninguém. Desde quando a mamãe ainda era novinha!

Nossa família viu Seu Neto envelhecer na frente do caixa. E enriquecer também! A lojinha virou um mercadão onde a gente fazia a festa na compra do mês.

Era "mãe, podemos biscoito recheado?", "podemos levar achocolatado?". Minha mãe soltava às vezes um "sim", outras "não" e, de vez em quando, o famigerado migué de mãe:

"Na volta a gente compra".

Mas tinha mês que a gente nem podia pedir. Às vezes, o dinheiro não dava, e nem era por falta de trabalho ou esforço da mamãe e de Aílton e Elisa.

Alguém resolvia queimar árvore no centro do país, causando seca ou chuva demais em outra área, atrapalhando o cultivo do trigo e aumentando o preço do meu biscoito recheado, veja só.

Não é louco e fascinante ver que uma coisa que acontece em uma ponta do país pode em uma coisa do outro lado? E o mundo?

Ainda tem a alta de uma moeda de outro país mexe com a carne do boi criado no chão do meu. Enquanto pra gente sobra ovo e o peido do dito cujo destruindo a camada de ozônio.

Mas com queimada ou qualquer outra crise, nada pode tirar a alegria de colocar no carrinho arroz, feijão, macarrão, batata, cenoura, tomate, alface, ovo – sem quebrar, por favor! – um cadinho de carne, por que não? E algumas guloseimas, com alguma insistência.

A ida às compras é um evento, mas nem todo mundo pode ir na hora, mas quem perde, não é esquecido! Mamãe sempre lembra de levar um mimo para cada cria.

É iogurte, bombom, biscoito, um creme de leite ou leite condensado para uma receita, algo *diet* para quem está de dieta...

Ninguém, nem quando a situação aperta, pode ficar infeliz no dia da compra do mês, porque não há nada que aqueça mais um coração do que um carrinho cheio.

O TENENTE QUE SABIA VOAR

— E isso vai dar certo? O senhor tem certeza disso, coronel?

— Qual é, tenente? Não vai dar pra trás agora, compreendido? Bora encarar o povo que torceu tanto por você!

O militar reformado, de terno, olha da beira da sacada de sua cobertura no Recreio para baixo e vê seus fiéis seguidores.

Eles esperam. Há uma promessa a ser cumprida.

O coronel abre uma caixa de madeira na mesa, ao lado de um conhaque. Olha os charutos. O cheiro do fumo perfuma o ambiente.

— Cubano, hein? Não deixa ninguém ver esta merda, tenente. Agora, você precisa ir. Diga algumas palavras se quiser, mas tem que cumprir o combinado.

— É que não parece uma boa ideia, tá ok?

O coronel suspira, recuperando um pouco da paciência que parece já ter esgotado.

Ele põe o quepe em cima da mesa, tira o cortador de charutos da caixa e se recosta na poltrona.

— Não, tenente. É uma péssima ideia. Mas tudo... — O coronel se desconcentra ao enfiar o charuto no cortador. Assim que o faz, olha para o lado, procurando o fio da meada. — Ah, sim. Tudo começou com uma ideia ruim, tenente. Ninguém pode achar uma boa ideia decidir durante o café da manhã que quer ser presidente, mas aqui está você, aqui estou eu, e essa pica que você tem que assumir.

— Eu sabia! Tava fácil demais. Mas dá para voltar atrás, não? Não dá para outro assumir? Coronel?

O coronel parece não estar prestando atenção. É o terceiro fósforo que estraga tentando acender o charuto.

— Coronel?

— Hm.

— Não tem como outro assumir isso?

— Não, tenente.

— Porra, e se isso não der certo? O que eu deixo pros filhos?

— Com certeza, mais do que merecem. Onde eles estão agora? Todo mundo pegou o caminho da roça, tenente. Mas não se preocupe, porque não vai acontecer nada. Você mereceu! Quis entrar na política e conseguiu! Quis outra mulher – e não foi só uma vez, milagrosamente – e conseguiu!

— É. Mas acho que agora ficou puxado, cê não acha?

— Puxado? Quem virou presidente da porra da República, desgraça?

— Eu.

— Quem montou seu próprio pelotão com filhos dos seus casamentos?

— Eu?

— Quem foi homem de verdade, sem medo de admitir que ama outro homem? Aquele loiro gringo?

— Eu!

— Quem manda nos militares, na polícia, na milícia, no caralho a quatro?

— Eu, porra!

— Então, eu não sei por que estamos falando disso. Você falou que faz, então faz!

O coronel é bom e terrível. Sabe levantar o moral de seus subordinados, além de torturar como ninguém! Dois pelo preço de um. Mas o tenente não é o mesmo da campanha.

— Nem sempre, né, coronel?

— Como assim, tenente?

— Eu já falei coisa pra caramba e já voltei atrás. Não dá para voltar agora?

A resposta demora a vir, pois o fôlego está investido em diversas baforadas para manter o charuto aceso. O coronel encara o seu discípulo mais bem sucedido – Presidente da República, porra! – com um olhar de "não é tudo isso".

— Tenente, o senhor é a favor das cotas?

— Não, coronel! De forma alguma! Acho que o cidadão precisa conseguir suas coisas pelos seus próprios méritos!

— Igual aos seus filhos...

— Exatamente! Se eles não fossem bons filhos, eu não daria tudo para eles! Eles não mereceriam a minha ajuda, tá ok?

— Então, o senhor é contra cota.

— Absolutamente.

— Você é uma espécie de cotista, sabe?

— EU? Desculpe o palavreado, coronel, mas o senhor comeu merda.

— Todo mundo comeu merda, tenente. Você despejou tanta merda por aí que afogou todos a sua volta. O senhor já atingiu a sua cota de merda. O povo não vai querer ver você voltando atrás!

— Mas não tem como fazer o que eu falei!

O coronel sabe que não, mas não pode deixar seu discípulo desistir. São soldados, e soldados não admitem erros, ainda mais os descobertos.

— Tenente, você não é só um presidente. Você é a prova de que esse povo é carente de heróis. A tropa foi às ruas convencida de sua força, o povo lá fora sabe que você é o líder deles, e os religiosos acham que Jesus te ungiu como seu representante na Terra.

— É verdade.

— E como você conseguiu isso, tenente?

O coronel exerce um controle tão grande sobre seu discípulo que nem precisa levantar. A fumaça do charuto cubano é levada pelo vento para a cara do tenente, trazendo uma sensação visual sobre as suas falas.

— Acreditando em mim mesmo. Eu quis ser presidente! Eu quis ser milionário. Eu provei ao mundo que posso fazer qualquer coisa.

— Não provou ainda não.

O tenente murcha. Ele não consegue entender a função do seu mestre, bebendo do seu conhaque, baforando o seu charuto, até este momento.

— Você não está aqui para me ajudar.

— Não... Nem aqui estou de fato.

— É verdade... Você... Você está morto! O que você está fazendo comigo, coronel?

O coronel se levanta sem esforço para um homem que aparenta a sua idade. Ainda mais sendo ele um morto.

— Meu filho... O que eu fazia muito bem em vida?

A troca de olhares deixa o tenente desconfortável, e o coronel sabe disso. É só mais uma forma de torturá-lo.

— E o que eu faço?

— Cumpra o que prometeu, meu rapaz!

— Mas eu... Eu, eu... Eu não posso!

— Tenente! Você disse que, se não pusesse o país nos trilhos até o fim do mandato, você...

— Eu me jogaria daqui de cima, e se o povo achasse que eu merecia uma nova chance, iria amortecer a minha queda.

— E viu como está lotado? Vamos lá, tenente. Você foi um péssimo aluno, mas estamos a quatro andares de uma multidão. Vai quebrar algum osso? Talvez! Matar alguém? Quem sabe? Mas você acha mesmo que aquelas pessoas vão deixar você morrer?

— É verdade! Mas bem que os bombeiros podiam me fazer desistir da ideia.

— Ninguém vem, tenente. Por isso você não pode decepcionar seus eleitores. Só assim voltaremos a ter controle das forças militares.

O tenente se senta no parapeito da varanda, falando com o fantasma do seu herói. Os gritos ecoam pelo condomínio de luxo. Um helicóptero da TV acompanha o ato. Em meio à barulheira, ele só consegue ouvir seu mentor se manifestar na sua cabeça.

— Sabia que tem uma notícia sendo disseminada nos grupos sobre você saber voar?

— E o que isso quer dizer?

O tenente já está mais para lá do que para cá, em pé na beirada da varanda, com apenas as mãos o separando da incontestável lei da gravidade.

— Isso quer dizer que o povo não veio para te segurar...

— Ai!

O tenente, surpreendido pelo charuto em brasa encostado em uma das mãos, se solta do parapeito.

— ... Eles vieram para te ver voar!

Foi uma queda de menos de quatro segundos. O tenente não foi amparado, pois as pessoas realmente acreditavam que o ungido bateria as asas e voaria. Deu entrada no hospital de luxo em coma, com braços e pernas quebrados, além de diversas teorias nos grupos de família: montagens e vídeos editados mostravam o milagre em diversas versões.

Era possível ver o homem, que até ontem dirigia um país em chamas, voando sobre a multidão como um mito, um super-herói. Ou um anjo.

LARGO TEREZA AMANHÃ!

Hoje despertei indignado, incomodado com uma completa insatisfação do que tenho feito nos últimos anos. Pensei em como tenho levado a minha existência, como isso tem afetado a vida dos outros e a de uma pessoa em especial.

Pensei, pensei... e decidi.

Falei em voz alta, pois aprendi que a fala é ato. Falar é fazer, é profetizar, é acordar, fazer um trato.

Tratei de falar então. Falar não, gritar. Fui à janela e bradei aos quatro cantos minha decisão:

— Eu, Ricardo Moreira Sampaio, afirmo... Largo Tereza amanhã!

Pronto, decidido. Largo Tereza amanhã. Às sete horas, no cu da matina, marcarei durinho ao pé da cama dela para comunicar o veredicto.

Já até ensaiei o que vou dizer: "Tereza, meu amor, é com um pouco de tristeza, mas com uma leveza na alma, que te digo: pra mim já deu."

Ou talvez eu deixe uma mensagem no espelho com o vapor que vem do chuveiro no inverno, com o qual ela gosta de cozinhar a pele.

Quando ela sair do banheiro e ler minha mensagem, vai ter um treco. Certeza. Tereza? Ela não vive sem mim. Mas vou levar a cabo o meu simples plano.

Falo, ou melhor, declaro, ou talvez escreva, depois sumo. Desapareço assim, no mundo, num piscar de olhos. Pronto, fácil. Tereza? Nunca mais.

Eu sei que já falei isso outras vezes, mas agora é de rocha. Largo Tereza amanhã sem falta, dando um ponto final a esse monte de vírgulas, exclamações e reticências que foi nossa história... de amor? Ah, esqueci: interrogações também, mas dessas falo depois.

Conheci Tereza ainda na escola de primeiro grau Otto Ewald Junior, no Itararé, bairro da ilha de Vitória. Ela fazia parte de um grupinho de três meninas, que a gente chamava de Madonnetes Capixabas. Sambávamos todos na faixa dos 11-12 anos.

Isso porque as três – Penha, Vanessa e Tereza – não perdiam uma festa na escola sem se apresentarem ao som de alguma música da Madonna. Se bem que, de vez em quando, elas dançavam alguma coisa da Xuxa e, raramente, a pedidos, *Vou de Táxi*, da Angélica.

Pensando hoje naquelas três meninas pretas – duas, talvez, já que Vanessinha era mais clarinha e não devia se considerar negra na época –, era de se estranhar como elas sempre escolhiam músicas de loiras para dançarem em frente a uma plateia de escurinhos e alguns café-com-leite como eu, sabe?

Eu acho que me apaixonei por Tereza no refrão de *Like a Prayer*. Ou de *Lua de Cristal*, não sei. Sei que o som estava uma merda, a dança mal coreografada e, como sempre, eu, Vitinho, Jorge Lucas e Jorge Alexandre estávamos lá tirando sarro de tudo: da professora Dodora orgulhosa, da coordenadora Marilene, constrangidíssima, e do monte de gente que cantava um inglês macarrônico – não que nosso zombeteiro quarteto soubesse cantar, mas também nem tentávamos, preferíamos gastar nosso fôlego rindo das pessoas que não tinham medo do ridículo. E olhando para aquele pessoal, penso que, talvez, eles fossem mais felizes que nós, que ríamos. Talvez.

Mas no dia da apresentação de "Like a/Lua de Cristal", sei lá, algo estava diferente.

Tereza suava em um maiô com paetês verdes costurados pela mãe e uma pena branca na cabeça. Ela estava nervosa, como ficava sempre.

Ela ofegava e suas narinas abertas queriam roubar o ar do mundo, mas se contentava com uma ou outra gota de suor suicida que se aventurava a escorrer ali.

A boca de Tereza tinha um cheiro que adocicava o ar, oferecido pelo brilho labial de morango que era moda naqueles tempos. O bicho vinha em um moranguinho plástico que dava vontade de comer. Na boca de Tereza então...

Seu hálito ardia à bala do dia. Às vezes, Freegells de cereja ou uma pastilha de hortelã da Garoto. Tereza ofegava a morango-cereja/hortelã.

O corpo dela era um campo de batalha de cheiros, que hoje, quando me vêm à memória, funcionam como uma máquina do tempo, me levando para perto da minha musa em várias épocas da nossa vida.

Suas axilas cheiravam a cânfora, cortesia da pomada Minancora, que disputava espaço com o colo e ombros, que exalavam um perfume que soube tempos depois ser de sua mãe: Cristal Charisma.

Lembro que, quando vi o vidrinho a primeira vez, todo feito de cristais, guardando um líquido dourado, achei que era coisa de rico, mas Dona Ivone comprou na revistinha da Avon – o que, para meus padrões de vida da época, era, sim, coisa de gente bem de vida. Um parêntese aqui para a Dona Ivone, uma senhora com pernas do tamanho da minha minguada cintura de 11 anos.

Quando a vi, entendi o significado da palavra ébano. Mentira, na verdade, vi um bocado de gente a chamando assim e fui ver no Aurélio: Madeira nobre escura, rara, pesada e resistente. Faltava a foto da pele da Dona Ivone ao lado, mas lá estava ela.

Cristal Charisma, Dona Ivone...

Ah, os cheiros de Tereza. Seu cabelo cheirava a óleo de coco, a babosa, a Henê Rená, a ferro quente... Tudo encontrava morada na cabeça dela, às vezes por imposição da mãe, das amigas, de si mesma, na tentativa de se encaixar em um padrão que desfilava pelos televisores fora dos dias de Carnaval.

Apesar do cheiro de morango, do Cristal Charisma, da Minancora, da hortelã... Nada superava o cheiro levemente amargo do suor amadeirado – olha o ébano aí – que escorria da nuca de Tereza.

Senti a primeira vez quando a abracei, a parabenizando pelas coreografias horrorosas que eu, educadamente, dizia estarem bacanas. Minha mãe me ensinou a respeitar as mulheres e, pelo menos na frente delas, eu tentava fazer isso. Eu tentava mesmo.

Aquele cheiro cortante marcou meu cérebro de uma forma que Tereza virou meu sonho, uma meta de conquista, meu vício. Ela virou minha cachaça – se bem que o gosto amadeirado tenha mais a ver com vinho.

Tá aí. Tereza virou meu vinho. Um vinho raro, antigo, caríssimo, daqueles que um cara com a minha falta de erudição nunca conseguiria entender todas as nuances, as tais notas de café ou o tipo da uva porque, na verdade, a ambição seria mais possuir, e não compreender. É pelo valor, e não por vivenciar. É consumir, e não degustar.

Tereza era o meu vinho e eu queria tê-la, sorvê-la até a última gota.

É claro que essa analogia é anacrônica, naquela época eu não tinha como pensar tudo isso com os hormônios cozinhando meu cérebro em fogo alto.

Falo agora, seguramente, de um tempo em que posso analisar todas as idiotices que fiz com deboche. Um dos privilégios de se esperar uma vida inteira para falar sobre algo que sentiu há décadas é que, com a experiência que a vida nos dá, acredita-se ter todo um vocabulário para explicar melhor os erros do passado, mesmo quando, por muitas vezes, se escolha usar o caminho mais curto, mais chulo.

A não ser que o Alzheimer chegue. Aí não há privilégio nenhum. Viu? Aqui estou falando barbaridades verdadeiras, sendo chulo sem medo. Já passei da época da polidez, das amenidades, das voltas...

Por falar em voltas, deixemos de dá-las e voltemos a Tereza.

Tereza nada de mim queria senão a amizade. Nada.

Acho que posso estar sendo um pouco injusto graças à minha passionalidade. Confesso que tratar a amizade de Tereza como nada é algo forte. A parceria com Tereza era ouro 24 quilates.

Tereza me dava mais moral do que os caras com quem ficava. Para mim era amizade a toda prova. Para eles, era foda, gemido e tragédia.

Eu era conhecido como Ricardo Arroz, porque só acompanhava Tereza.

Eu a olhava entrando em todo tipo de relacionamento e fazia um bolão solitário de quando os pombinhos bateriam asas para sentidos opostos. O prêmio? A confirmação do óbvio: ninguém merece Tereza senão eu. Ter razão é o único prazer que só depende de mim. Também tinha os abraços apertados de consolo. Eu espremia de Tereza lágrimas e múrmuros, controlando uma ereção rebelde e quase chorosa.

Dos cinco namoricos que presenciei, acertei três:

Aos 15, tinha o Plinio, um moleque vocalista de uma banda de rock, GÂNS, cover dos Guns N' Roses. Nessa época, Tereza usava saias pretas, batom preto, lápis nos olhos, cabelo passado a ferro... tudo para Plinio.

Já Plinio só podia oferecer a ela sua cara de bem-nascido com uma pele que parecia nunca ter visto o sol, um cabelo jogado no rosto e mentiras. Disse que compôs uma música para Tereza, onde dizia que "morrer ao lado dela era um prazer e um privilégio para ele".

Meses depois, Tereza descobriu que, com a ajuda da irmã mais velha, que era *English Teacher* – sim, ela fazia questão de dizer em inglês –, o moleque traduzira *There Is a Light That Never Goes Out,* dos Smiths.

Como ela descobriu? Talvez alguém que estivesse juntando algumas economias para comprar um discman pudesse ter desistido da ideia e comprado um LP da banda, deixando na frente da casa de Tereza, mas acho que nunca saberemos de fato.

O fato é que eu só fui ter um discman quando os tocadores de mp3 já eram populares.

Quando Tereza descobriu a farsa, foi um efeito dominó: ele não só mentia sobre compor músicas para suas namoradas, mas também mentia sobre o número delas.

Para mim, Tereza era única, mas para Plinio, era mais uma, e nem era a preferida. Assim que soube disso, Tereza largou Plinio, as roupas pretas, o lápis no olho, e voltou ao velho e cheiroso brilho labial sabor morango.

Depois de Plinio, veio Jadson, menino de ouro das redondezas, evangélico e bom de bola e de conta, o orgulho da minha família. Sim, da minha família.

Ele era meu primo.

Competir com Jadson era covardia porque ele era dois anos mais velho que a nossa turma, e dois anos quando se está saindo da adolescência fazem toda a diferença.

Enquanto Vitinho, os Jorges e eu estávamos nos 17, sonhando com a maioridade – que veio se mostrar uma merda, não sei por que estávamos com tanto fogo no rabo –, Jadson estava servindo no exército.

Competir com ele pela atenção de qualquer menina não era apenas competir com um rapaz de 19 anos bem articulado e temente a Deus, era tentar mostrar seu valor sob a sombra de um jovem que vestia uma roupa militar camuflada e uma boina que, para nós, o transformava no próprio Chuck Norris.

Havia também um certo espírito patriótico na gente – outro fogo no rabo –, que nos fazia pensar que não estávamos disputando garotas apenas com um jovem impressionante, mas com o próprio Exército Brasileiro.

Ou seja, com Jadson eu não podia fazer nada. E te confesso que todos os motivos descritos talvez fossem desculpas para esconder o medo mesmo. Ele era capaz de fazer cem flexões e dar dez voltas no quarteirão se alguém fardado mandasse.

Não mexo com gente doida a esse ponto.

Esse eu joguei para o destino, mas apostei que não duraria dois meses o interesse, uma vez que Jadson quase não vinha para casa. Além disso, ele sabia que seria dispensado depois do primeiro ano obrigatório do exército e queria gastar a farda ao máximo.

Namorando uma menina do Itararé que não seria. Jadson não só afastou qualquer ideia de relacionamento com Tereza como, quando terminou o serviço militar obrigatório, sumiu com uma funcionária pública alguns anos mais velha para uma cidadezinha do interior.

Ruim para Tereza, bom para mim, seu ombro amigo. Lembro que, quando ela literalmente pôs a cabeça em meu ombro, senti um cheiro que dominou os anos 90: maçã verde. Era perfume, shampoo, refrigerante... até o material escolar cheirava a maçã verde, afrontando o olfato e a visão, uma vez que vinha nas cores verde-cana e rosa-choque dos anos 1980, que volta e meia tentavam resgatar.

Sentir o cheiro repaginado de Tereza foi memorável e breve, pois logo veio o meu terceiro acerto, Jefferson, filho de Nego Delson, o maior pedreiro da região. Esse daí eu tinha certeza de que ela iria quebrar a cara, e com um pouco mais de intimidade do que das primeiras vezes, tentei avisar.

Jefferson só ficou com Tereza para fazer ciúmes em Mariângela, com quem tinha terminado havia poucos dias. Cravei três dias e assim foi. Fui Mãe Dinah total nesse bolão.

Os outros dois ignorei, pois meu ciúme me impedia de ficar sabendo de detalhes. Já aos 20, era Tereza falando do carro do pretendente, das propostas, do papel de amante na vida dos outros... Ela me contava coisas, desabafava, enquanto dava como chuchu na rama. Eles vinham, estranhavam nossa interação, nossa relação de quase uma década, a enchiam de confiança, algum afeto, esperanças e outras coisas, e depois partiam, deixando o seu coração partido para eu cuidar.

Cuidei de Tereza como se cuida do amor de sua vida, como se cuida de alguém que espera levar ao altar e fazer todas as juras. Cuidei dela como se cuida de uma espécie recém-descoberta, daquela que, de tão importante que é, recebe o sobrenome de quem a descobriu.

Eu queria dar meu sobrenome àquela espécie rara que era Tereza.

Pedi auxílio aos céus, pus o nome dela em minhas orações, implorei por uma chance de poder fazer mais por Tereza, colocá-la debaixo da minha asa, fazê-la minha patroa. Eu prometi trabalhar para sustentar um reino, trabalhar por dez, para dez.

Queria fazer dez filhos em Tereza. Um time de futebol, como meu avô fez em minha avó! Colocar tudo começado com T: Teófilo, Talita, Taís, Tadeu, Tatiana, Tomaz...

Um dia tomei coragem! No dia que me declarei para Tereza, eu tinha quase 30 anos, um bom emprego, me vestia bem – nada que lembrasse aquele moleque que caçoava dela e das outras Madonnetes Capixabas.

Eu tinha flores nas mãos, um chocolatinho Ferrero Rocher na outra – modinha na época, mas pensa num negócio caro, caro, caaaaaro... – e fui encontrá-la na saída do trabalho.

Eu sabia que Tereza ficaria surpresa. Certeza.

As amigas dela acharam o máximo. Me declarei ali mesmo. Diferente do roqueiro Plinio, escrevi para a minha musa algo original:

Tereza, minha eterna e doce deusa,

De plebe a rainha-princesa,

Dona da casa, do quarto, da mesa,

Tenha certeza

Tereza

Que meu lar é onde viceja

Seu sorriso e lábios tom cereja

Certeza, Tereza, minha vida à sua

Está presa.

Foram palmas por todo lado, Tereza ficou um pouco constrangida, mas, quando ouviu os úteros de umas senhorinhas pulsarem com o semi-negão se declarando, cedeu.

Santo constrangimento. Dizem que forcei a barra, mas, na verdade, Tereza parecia precisar de um incentivo. Foram *anos* ao lado dela, sem uma chance sequer. Ricardo Arroz, nunca mais!

Pelo menos, assim pensei.

Se eu tivesse jogado em um bolão, diria que nosso relacionamento seria eterno, nós dois velhinhos, eu com 91 e ela com 90, nossos dez filhos iam fazer cada um uns cinco, casa cheia de bisnetos, e tiraríamos aquele fotão de família que vi na casa de Vitinho quando criança.

Eu queria também pertencer a um lugar, fazer minha família ao lado de Tereza. E eu queria ter tido tempo de mostrar isso para ela.

— Pois é, mas não pode. Preciso que deixe a minha filha em paz.

— Mas a senhora acha justo? Passei a vida inteira ao lado dela...

— Tu não foste sincero um momento de sua vida, menino! Nunca foste amigo! Tu era um bicho tocaiando uma presa. Um bicho covarde. Por isso morreu como tal.

— É... Morri de câncer, Dona Nanã! A mais covarde das enfermidades.

— Então larga dela. Deixa ela em paz, segue teu rumo, para de mandar recado, para de torcer contra. Já não bastava fazer isso em vida?

— Eu honrarei a vontade dela! Largo Tereza amanhã! Às sete horas, no cu da matina...

— A vontade é dela, mas a demanda é minha! Tu larga do pé de Tereza *hoje*, menino.

E sem me despedir de Tereza, sumo em paz. Por ela e por mim.

QUEIXA DE UM DEFUNTO

Sobre texto homônimo de Lima Barreto

Antônio da Conceição, natural desta cidade, residente que foi em vida das proximidades do Campo São Bento, em Icaraí, bairro viçoso e respeitável de Niterói, onde acaba de morrer, por meios que não posso tornar público sem manchar sua boa reputação, mandou-me a carta abaixo, que é endereçada ao prefeito. Ei-la:

Ilustríssimo e Excelentíssimo Senhor Doutor Prefeito da Cidade de Niterói. Sou um pobre homem de bem, outrora portador de modestas posses conseguidas a muito suor pelos meus avós que aqui um dia se instalaram nesta terra, com promessas de uma vida melhor. Coube a mim administrá-las e, quem sabe, multiplicá-las, se não fosse a minha falta de ambição, ou como diria uma das minhas ex-esposas, total falta de competência para tanto.

Sendo assim, não tive outra função na vida, senão a boca de um caixa do negócio da família. Vi paredes deteriorarem, empreendimentos se erguerem em volta do pequeno negócio herdado por mim, e assim fiquei.

A cada relacionamento, cada filho posto no mundo, menos patrimônio eu tinha, até terminar assim, em um espaço alugado, graças a uma aposentadoria e uma pequena parte de herança que ainda me cabia, mas que estava já findando.

A morte me poupou da vergonha de ir para a casa de algum filho, sem ambição como eu – uma árvore não cai longe do seu fruto, acho que era assim o ditado –, e me ver na situação de sustentado. Minha morte chegou em um momento confortável para mim e para as poucas pessoas que se davam o trabalho de se importar por mim.

Preciso dizer que não sou comunista, petista ou chavista. Nossa bandeira nunca será vermelha. Morri ouvindo o hino da independência. Ou da Bandeira, não sei bem diferenciar, mas certamente morri ouvindo a marcante marcha do Coral dos Bombeiros do Estado do Rio de Janeiro.

Fui um cidadão íntegro. Tinha minhas orações à Virgem Maria e me valia do Santo de cada dia, qualquer um que pudesse facilitar o fardo que era a vida mediana; mas, sem dúvida, Deus era acima de tudo.

Acreditava na medicina, desde que a mão que comandasse o bisturi não fosse de um cubano. Ou de um cotista. Aliás, meu único dissabor foi ter que ouvir de um dos filhos que a minha situação não estaria tão grave se eu não tivesse negado ser atendido por tal profissional. Ainda bem que não precisei ouvir por muito tempo. Fui-me daquela para esta semanas depois.

Passei meus momentos finais com o pensamento na Virgem, em Deus, em Jesus e nessa estranha família com a qual me identifico com José, talvez o autor do ditado "Pai é quem cria".

Portanto, meu caro Senhor Doutor Prefeito, os tostões que me sobraram puderam me dar um repouso ali em Pendotiba, mantendo-me ainda dentro dos limites de Niterói. Meu último pedido era que não parasse em São Gonçalo, onde teria certeza de que nenhum filho iria me visitar em dia de Finados. Também não acredito que eles se desloquem para Pendotiba, mas não poderão me culpar por não facilitar a vida deles.

Eu tinha impressão, pelo meu esforço em seguir as normas que regem a vida de um cidadão de bem, que iria para o céu sem o menor esforço, mas creio que, devido a um erro de uma repartição sob sua competência, fui penar em um lugar que classificaria como o inferno.

Minha família achou por bem fazer o velório na Igreja da Porciúncula de Sant'Ana, em frente ao Campo São Bento. Quando foram colocar meu caixão no carro, foi que começou o meu tormento:

Um bloco que tomava a Avenida Roberto Silveira virou na Rua Professor Miguel Couto, atropelando a tristeza de minha partida. O bloco celebrava a vitória da eleição para presidente, do candidato que não ouso dizer, mas que, a meu ver, não parece patriota.

Graças à autorização expedida por sua gestão para realização da tal "Festa da Vitória da Democracia", aquela onda comunista transformou em carnaval o dia de meu enterro. Serpentinas, fanfarras, glitter... Meu caixão recebeu uma bandeira e assim fui posto no carro.

Rumei para Pendotiba e fui enterrado sem muitas falas. A família tinha uma história para contar e acharam que qualquer fala sobre mim traria a tristeza de volta. Recebi as pás de areia com um ódio dos ignorantes, que comemoravam um retrocesso. Pelo menos, era o que diziam nos aplicativos de celular.

Quando cheguei ao Céu, percebi os olhares risonhos de São Pedro, que não podia recriminar. Eu estava ali, todo cheio de glitter e serpentinas, como se tivesse enfartado em pleno sambódromo.

— Ahhhh! Mais um baderneiro... Estranho! Aqui dizia que o senhor era mais para o outro lado. Tinha aqui reservado um espaço em um acampamento com a sua cara, mas acho que vou te por alguns séculos na parte festeira, com um batuque bacana com o povo dos Direitos Humanos!

Expliquei-lhe, mas não me quis atender. Minha vaga foi instantaneamente preenchida por mais um cidadão de bem, morto de desgosto com os rumos do meu valoroso país.

Está aí como, meu caro Senhor Doutor Prefeito, ainda estou penando por sua culpa, embora tenha tido a vida mais santa possível. Sou, etc., etc. Posso garantir a fidelidade da cópia a aguardar com paciência as providências da municipalidade.

ENQUANTO ELE ESTAVA MORTO

CAPÍTULO 1

Merdas acontecem na sexta

São três da tarde e eu estou com o prazo de um freela no pescoço e meu almoço já foi pras picas. Eu sou péssimo para renegociar prazos e me meto nessas enrascadas mais vezes do que gostaria. Quero culpar o meu medo de água fria, já que a minha conta de luz é a vilã do meu orçamento, um pouco acima da internet. E como sou adepto do programa Meu Chuveiro Elétrico, Minha Vida, faço qualquer negócio para nunca mais ter que esquentar água no fogão para o banho.

Só que desta vez eu peguei mais trabalho que pude entregar. Ainda mais a um preço merda, pois, se eu não sei negociar prazo, em preço sou ainda pior.

O projeto gráfico, como prometi para hoje às quatro da tarde, custa pelo menos três vezes mais em uma agência. Inclusive, acho que a agência me contratou para repassar o meu trabalho para um cliente deles sem saturar seu "team".

Mas desta vez não tem jeito. Daqui a pouco preciso voltar para a redação e terei que furar com o cliente. Eu preciso de uma desculpa perfeita para não entregar esse trabalho hoje. Por favor, Deus, nunca te pedi nada.

O telefone toca e é minha irmã.

— Samuel! O... Mo... tá me ouvin...? Rober...?

— Lena? Alô? Tá picotando! Manda áudio!

Lena é a nossa mais velha. Quando moleque, ela parecia a mais modernosa, mais safa, mais por dentro das paradas, mas hoje virou uma senhorinha sem jeito com a tecnologia, e o motivo, posso vir a explicar mais tarde. O que ela manda via áudio é mais grave.

— Samuel...

— ... é a Lena...

— ... tenho uma notícia triste...

— ... pra te dar.

— ... sabe Daniel?

— ... sabe o Daniel?

Lena manda pequenos áudios, a medida em que formula o que quer dizer. Ela manda, para, pensa, manda outro. Às vezes, coisinhas curtas, uma palavra consertando outra. Sua morosidade me faz perder a noção da gravidade, e o interesse se dispersa ainda mais quando ela cita esse nome.

— O que tem Daniel? Morreu? — brinco no áudio que devolvo.

Sempre que Lena entra em contato, é Daniel aprontando alguma e a gente precisando resolver, mandar dinheiro, enfim, pagar a conta.

— ...

Eu olho para o aplicativo e vejo o "gravando áudio", interrompido uma, duas vezes. Começo a ficar preocupado. Clico no áudio assim que ele chega.

— Morreu.

Quando meu irmão Daniel sumiu da cidade, eu preparei a minha mãe. Falei que os dias dele estavam contados. Mas eu mesmo ainda não estava preparado para ouvir aquilo. Ligo imediatamente, torcendo para que a ligação esteja melhor.

— Como assim?

— Mataram ele num garimpo na Bahia...

Lena soluça horrores. Tento manter a calma para saber de mais detalhes.

— Mas o que Daniel estaria fazendo lá?

A resposta é óbvia. Ninguém vai a um garimpo para fazer turismo, principalmente sendo Daniel, o cara que sempre se sentiu predestinado a dar uma virada de vida. E eu nem sabia que ainda existiam lugares assim.

— Telefonaram para o tio Tonho e avisaram que mataram ele! Mataram o nosso irmão.

Se de um lado a instabilidade do telefone dá uma trégua, os soluços de Lena me exigem uma concentração tremenda para entender o que ela diz.

— Eu não sei o que fazer, procura o tio para mim?

Ligo para o tio, que me relata o ocorrido. Um homem entrou em contato por telefone, perguntando se ele conhecia o Daniel, e contou o ocorrido. Tiro. Na cara, terça-feira passada.

Meu tio tentou conseguir mais detalhes, mas o cara desligou depois de ter dado o nome completo de Daniel.

Terça-feira. Perdi meu irmão há três dias e gostaria muito de dizer que senti algo, como aquelas novelas. Não quebrei xícara, não vi um vulto, não senti o tiro no rosto, não pereci com ele. Perdi meu irmão há três dias e a vida seguiu normal... até agora.

Assim como meu tio, tenho apenas uma notícia informal de óbito, um ponto de referência vago e todo um estado para procurar por meu irmão.

— Tio, ele não disse mais nada? Onde é esse garimpo?

— Na Bahia.

— Sim, mas onde na Bahia?

— Ele não falou! Tentei saber mais alguma coisa, mas quando o pressionei, ele desligou. Daniel, né? Um homem bom...

Tá aí uma coisa complicada de ver numa frase com o nome Daniel: um homem bom.

Daniel era famoso na família por ser tão humano quanto irresponsável, mistura formada por uma infância complicada, uma adolescência triste e uma juventude para lá de conturbada. Daniel tinha fãs e desafetos por todos os cantos. Atualmente, eu era um dos últimos. Uma gangorra fanática e desafetuosa.

Talvez seja essa a razão da minha resposta seca:

— Pois é, tio. Mas, infelizmente, essa pedra estava sendo cantada há um tempão, né? Cedo ou tarde, essa notícia chegaria.

— É... sempre falei pro menino tomar jeito. Escuta, já falei com seu pai sobre isso, e ele colocou um detetive.

Isso deveria ser boa notícia, só a mágoa do meu pai que eu ainda carrego não me permite ver dessa forma. Afinal, ele deixou a nossa família quando Daniel, o mais velho, estava com

12 anos. Seis filhos para trás. Eu, o mais novo, tinha apenas seis meses... na BARRIGA de minha mãe.

Segundo familiares, Daniel aprontava mesmo com o meu pai em casa, que, rígido, por ser um soldado, deixava meu irmão ajoelhado sobre caroços de milho. Minha mãe esperava o marido dormir e mandava Daniel ficar sentado ao lado do milho. Ao menor sinal do pai, ele voltava aos caroços, comprimindo-os fortemente com o joelho para que parecesse estar ali há tempos.

Os delitos punidos com o milho eram muitos, mas o mais grave era quando vendia os materiais do bico de papai para o ferro-velho. Ele tinha uma pedreira e Daniel por vezes vendia ponteiros, marretas... tudo que fosse de metal e pudesse ser pesado. Isso rendia algum dinheiro, muitas surras e horas no milho.

— Bença, pai.

A ligação para o seu Nicanor é sempre uma represa de emoções. Coragem, Samuel. Quarenta e poucos anos e ainda fica nervoso ao falar com ele.

— Deus te abençoe, meu filho. Soube do seu irmão?

— Sim, soube... O senhor colocou alguém para ver isso?

Aqui já seguro a minha vontade de gritar que a culpa é dele, por ter abandonado a mulher e seus seis filhos. Ainda tenho medo dele. A voz rouca que o acompanha desde a minha primeira lembrança sua, aos sete anos. Se não fosse evangélico fervoroso, diria que fuma desde a adolescência.

— Coloquei um amigo meu, mas até agora não conseguimos nada. Esse meu amigo entrou em contato com algumas delegacias da Bahia. Mas o que esse menino tava fazendo lá, meu Deus?

"Menino". Existem formas piores de definir Daniel. Seus 50 anos estão bem escondidos atrás de muito humor com estranhos, uma certa revolta com os familiares. Quanto à pergunta do meu pai, eu sei a resposta. Ele sumiu na Bahia para fugir de seus compromissos e problemas.

— Ele foi atrás de uma menina de quem gostava muito e para fugir de uma ameaça de morte.

— Chamei Daniel para viver comigo, aqui, só que ele teria que seguir regras, se acertar, mas ele não para, você sabe...

Seu Nicanor tem uma casa de acolhimento no meio do nada, no norte do Espírito Santo, para menores infratores, alcoólatras e drogados. Ele a comanda de forma rígida, disciplina militar misturada com moral evangélica. Acho que foi um jeito para se eximir da culpa de deixar a família.

— Mas Daniel não tem jeito, pai. Ou não tinha, sei lá. Quando tiver notícias me fale, tá?

Eu estou comemorando a conversa objetiva, mas... será a primeira vez que ela não se descambará para uma lavagem de roupa de uma época que eu nem havia nascido. Porém...

— Sim, mas antes de ir, fique sabendo que eu quis trazer vocês para morarem comigo, porém sua mãe e sua avó não quiseram! Daniel só teve esse fim porque a sua mãe não cuidou dele direito!

E assim o cara que nem teve a hombridade de me ver nascer quer culpar a minha mãe pelo caminho escolhido por Daniel para a sua vida. É uma especialidade de Seu Nicanor – Seu o caralho, Nicanor somente – agir assim.

Certa vez, a poucas horas da virada do ano, ele me ligou para me desejar um feliz Ano Novo e pedir ajuda para rever a pensão de minha mãe. Ela passaria a ganhar metade do que ganhava.

Falei que ela merecia ter a pensão integral, que ela passou por mais de uma década antes de começar a receber o maldito dinheiro.

O filho dele acabou de morrer e ele dá um jeito de se eximir da paternidade inexistente por 40 anos. A verdade é que o absurdo não para por aqui.

— Seria melhor se você não tivesse nascido, assim sua mãe teria um filho a menos para cuidar, mas sua avó achou que, mantendo a sua mãe cheia de filho, eu não sairia de casa.

Isso me leva a pensar que, ironicamente, Daniel motivou o casamento entre meus pais. Minha mãe e esse indivíduo se casaram depois de esconderem a gravidez por quase seis meses – olha que data emblemática. Foi obrigado a se casar graças ao meu avô Juscelino, que foi conversar com a família do reizinho com um facão na cintura.

Tiveram mais quatro filhos e a situação em casa foi se deteriorando.

O sexto filho – ou seja, eu – vinha com uma missão: salvar o casamento, segundo parcas alegações de meu pai. Acho que falhei.

Mas a ironia não acaba aí. Daniel foi problemático até para nascer. Na hora do parto, minha mãe teve eclampsia, entrando em coma. Talvez esconder uma gravidez por seis meses não fosse uma boa ideia.

Assim, os médicos não viram outro modo, a não ser usar o fórceps, um aparelho parecido com um pegador de salada, para puxar o bendito para fora. Meus irmãos brincavam dizendo que isso afetou o cérebro dele. Eu não duvido.

Também causei algo parecido. O sexto filho, acredite ou não, bem esperado pela minha mãe, deveria ser um menino.

Seis vieram antes de mim: Daniel, Raissa, Lena, Nara, Noé e Neide. A Rai morreu aos três anos, de difteria. Ficaram então dois homens e três mulheres. Mamãe queria um menino, para formar três casais. Ela diz que pedia a Deus que mandasse um menino para poder "encerrar a carreira", já que faria a ligadura de trompas depois daquele nascimento.

Parece que Daniel e eu nascemos para outra missão, que não a de salvar um casamento: dar um fim em nossa mãe.

Quando Daniel nasceu, nossa mãe quase morreu, o que interromperia a vida de uma penca de irmãos ainda por vir. No meu nascimento, quando o médico disse: "É um menino, Dona Celinta!", minha mãe gritou "Oh, Glória!" e desmaiou. Quadro de hemorragia grave. Era uma sexta-feira.

Merdas acontecem na sexta.

CAPÍTULO 2

O espírito ruim

O dia prossegue bem tumultuado. Meu pai liga novamente para reforçar a sua inocência em relação a Daniel. Lena telefona vezes seguidas, chorando, querendo saber o que o "cara do jornal" – eu – conseguiu descobrir. Eu já cancelei a entrega do freela. Pedi com tanta fé uma ajuda divina e fui atendido. Consigo imaginar Deus falando com algum anjo: "Pensando aqui em como posso ajudar... Quanto será que ele gosta do irmão?"

Eu faço piada porque a ficha ainda não caiu. Não é a primeira vez que Daniel some. Ele faz o seu truque de mágica sempre que aparece alguém que tomou uma manta dele, sempre que deixa uma obra inacabada, sempre que tem alguém procurando por um eletrodoméstico tirado por alguém que logo terá seu nome no SPC.

— Pelo menos, tudo isso acabou — falo alto para ninguém.

É aí que cai a ficha: meu irmão está morto.

Eu ensaio um choro. Ainda não sei como eu levarei o corpo de meu irmão da Bahia para o Espírito Santo, mas um problema de cada vez. Eu preciso ligar para a redação e dizer que meu irmão foi morto em um garimpo na Bahia.

Assim que recebo as condolências por Daniel, meu chefe, com um arrependimento na voz, pergunta se quero ficar em casa. Eu digo que nada adiantará neste primeiro momento, que eu preciso de mais detalhes e que é sexta-feira, dia de fechar as artes do final de semana.

— Isso! Fechar as artes do final de semana! — O arrependimento vira alívio, afinal, o jornal precisa sair, morrendo gente ou não. Aliás, sai até mais jornal quando morre gente.

E quando chego à minha mesa, há uma repórter me esperando.

Liguei para o cliente, joguei a carta do irmão morto e adiei a entrega do trabalho pendente para terça da semana que vem. Antes de sair, minha irmã Nara ligou com o mesmo roteiro dos parentes com quem falei antes. Choro, tristeza, uma pena, um menino, teve o que mereceu, uma tragédia, etc.

— A mamãe já sabe?

— Espero que não. Não tem nada certo ainda, alguém telefonou e disse que ele está morto. Imagine contar isso para ela sem nenhuma confirmação?

— Melhor. É bom ter certeza antes, né? Temos que poupar a mamãe dessas coisas.

Nem sempre foi assim. Dona Celinta começou a trabalhar como enfermeira de um dos mais antigos hospitais de Vitória aos 16 anos. Passou pouco tempo lá, mas o bastante para ganhar dois irmãos: levou duas crianças abandonadas pelas mães para que a mulher que viria a ser minha avó adotasse. Afinal, onde mal comem dez, dá para espremer doze. Mesmo com todo o aperto que a família de Dona Celinta passou, essas crianças tiveram uma infância simples e digna e até hoje são agradecidos a essa mulher.

Ao engravidar de Nicanor, Dona Celinta largou tudo para ser mãe. Mesmo se quisesse trabalhar, não poderia. Era um filho a cada dois anos, dando apenas a folga do resguardo. "Um no peito, outro na fábrica", como ela mesma dizia.

Mas essa mulher que admiro foi sumindo com o tempo. E se eu arriscasse um palpite, diria que ter sido abandonada por um homem que fugiu com a mulher de um amigo e deixou seis crianças – quatro filhos, mais um no peito e outro na fábrica – deve ter colaborado consideravelmente para isso, mas havia algo mais.

Minha mãe tinha desmaios frequentes, que marcaram toda a minha infância. Era normal vê-la em crises convulsivas na cama, sendo segurada pelos meus irmãos, entoando cânticos com uma língua enrolada. A discussão entre eles sempre foi sobre quem provocou a crise-rotina, procurando culpados pelas dores causadas por outros. Seis filhos culpando uns aos outros pelo abandono de seu pai.

O tempo nos educou a poupar nossa mãe. Ela, desde que me conheço por gente, frequenta a igreja, que é sua fortaleza e seu refúgio. Deus tornou-se sua única salvação naquele momento e ela não o largou mais. Talvez a igreja tenha nos salvado de alguma atitude drástica da Dona Celinta, pois, se há algo que a igreja dela ensina, é que "Deus tem um propósito para a vida de todos".

Que propósito Deus teria para uma mulher com seis filhos?

Para minha mãe, Nicanor não deixou a casa onde morava por causa de uma mulher mais enxuta e com apenas uma filha. Foi um combo de "macumba + diabo" que o cegou. Para os cristãos que rodeavam a minha mãe, o diabo estava em todas as partes, atentando contra a pobre senhora e seus filhos. Esta era uma verdade incutida em minha vida desde a barriga.

Eu fui instruído a me resignar, aceitar que a pobreza que me cercava era um propósito de Deus. Olhava para as pessoas em minha volta vivendo com certo conforto enquanto morávamos em um barraco e passávamos fome.

Não sabia o propósito daquilo, mas era parte de um plano maior, eu tinha quase certeza. Não podíamos ter uma figura masculina em casa, um novo pai e marido, pois meu pai ainda vivia. "Coitado dele", eu pensava. Por anos, mamãe e eu achamos que um dia o feitiço acabaria e ele voltaria para casa. Quarenta anos de espera e ela ainda pensa assim.

Eu vivi os piores anos de minha vida poupando minha mãe e sendo temente a Deus. Era impossível dissociar essas coisas. Na escola, apanhava em silêncio, porque brigar era pecado. Não me envolvia com ninguém, pois namoro era coisa séria, só se tivesse certeza de que iria casar. Jogar bola? Pecado!

Logo na primeira série, tive que aprender que nem sempre se pensa em tudo. Quando a professora nos pediu pregadores de roupa para fazer um presente para o Dia das Mães, eu pedi dinheiro, que, com algum custo, ela me deu. Mas a professora, extremamente católica, fez uma imagem do Cristo crucificado para os seus alunos, enquanto a turma de outra professora fez rosas em papel de seda. Minha mãe não escondeu a decepção ao ver que os pregadores de roupa que havia comprado viraram símbolo de uma religião que ela não considerava correta.

— Por que você me trouxe uma cruz? A Penha ganhou do filho uma rosa!

Ela estava indignada com o símbolo e eu nada entendi. "Não é tudo o mesmo Deus?", pensei.

Porém, nada me entristeceu mais do que a comemoração do Dia das Mães, quando eu fazia a terceira série. Recitei um trecho do poema "Minha mãe", do poeta Martins Fontes, que a professora me deu para decorar em uma semana.

Ela não foi ao grande evento pois achava que esse tipo de comemoração não era bem-vista aos olhos de Deus. E lá estava eu, no lugar mais alto da escola, falando para dezenas de mães:

Minha mãe,
Beijo-te a mão, que sobre mim se espalma
Para me abençoar e proteger,
Teu puro amor o coração me acalma;
Provo a doçura do teu bem-querer.

Mas a minha mãe nunca ouviu isso.

Parece perda de tempo pensar nisso agora, porém é necessário para mim mesmo compreender que poupá-la é machucar-se um pouquinho às vezes, muito por causa de suas crenças. Sim, a igreja a ajudou a manter um caminho "reto" e ter um respeito grande na vizinhança.

Era incrível ver como ela se portava da porta de casa para fora, matando aranhas caranguejeiras nas residências da vizinhança, conversando com os usuários de drogas que viviam rodeando os portões de casa e da pedreira onde morávamos. Vez ou outra, um caía em meio às pedras do nosso quintal e mamãe o levava para dentro e medicava. Minha mãe era a "tia" de todos.

Se de noite meus "primos" tomavam conta da pedreira, de dia era o meu território. Eu empinava pipa, jogava pedras nas residências logo abaixo e olhava para o bairro onde as casas vão de encontro às outras pedreiras.

Eu pouco podia ir para a rua porque, com apenas sete anos, era o responsável por olhar a minha mãe, com crises cada vez mais frequentes. Éramos surpreendidos com a notícia de que ela estava caída nas ruas. Tínhamos certeza de que era pressão alta, porém o pastor dizia que era espírito ruim. Assim, sem aspas mesmo, não era uma expressão.

Era espírito ruim.

Eu não acreditava que era um espírito ruim porque, apesar das crises se intensificarem, eu tinha cada vez menos medo, afinal, era eu quem tinha que contê-la. Isso porque, naquele momento da nossa vida, Daniel, Lena e Nara pulavam em casas de família, tios e tias, trabalhando.

Mas a cada crise, Daniel voltava à casa na pedreira para ver a mãe e orar para afastar o espírito ruim. Eu olhava a pedreira e suas cobras, plantas rasteiras, calangos, maconheiros. Aquele lugar conversava com a gente.

Espírito ruim.

No meio da noite, um dos alicerces da casa cedeu, fazendo com que ela se inclinasse em direção à casa de baixo. Não me lembro do barulho, recordo muito mais os gritos do pessoal me acordando. Me lembro do trajeto de descer as escadas do pequeno morro, deixando a minha casa na pedreira para trás, e subir as da casa de minha avó, segurando a minhas roupas.

Vendo tudo de longe, deste momento de onde sei o que sei, acho que o meu pai – Xangô, não o Nicanor – não aguentou tanta rejeição em sua pedreira e expulsou quem o chamava de "espírito ruim".

Kaô Cabescilê, meu pai.

CAPÍTULO 3

Por isso eu fujo

A estrutura da família havia mudado. Ir morar num quarto da casa da minha avó pediu sacrifícios de todos nós. Lena, minha irmã mais velha, foi morar na casa da patroa e Nara foi viver com uma tia. Sobramos Noé, Neide e eu na casa. Já o Daniel... bem, ele ficou na casa velha, quase caindo. Sua função era basicamente cuidar dos móveis que ainda estavam lá. Era a primeira vez que vivia independente e tinha seu canto, mesmo que ameaçando cair.

— Samuel? Conseguiu algo sobre Daniel? — Lena, em outra ligação, me traz novamente para o problema chamado "meu irmão".

— Liguei para o meu trabalho e eles estão vendo se conseguem algo. Vamos ver o que dá.

— Acha que irão conseguir?

Dá para sentir a voz dela mudando, preparando-se para chorar de novo.

— Lena, pelo amor de Deus! Tenta esquecer isso um pouco! Não temos nada ainda! Não piore as coisas, tá?

Pronto. Aí ela começa a chorar. Daniel e ela são os mais velhos e, por isso, brigaram mais quando adolescentes. Brigas feias, com tapas bem estalados. Lembro-me dos meus gritos desesperados cada vez que os via engalfinhados. Lena, quase quatro anos mais nova, não se intimidava e batia mesmo. Nunca consegui ver uma briga dessas até o final. Fechava os olhos e gritava muito, esperando que aquilo acabasse. Sinceramente, não lembro o que acontecia depois, como terminava.

Tento usar o Google para algo útil. Com a minha separação recente, ele serve mais como companhia nas noites solitárias. Começo a procurar nos jornais da Bahia. Se aprendi alguma coisa trabalhando no jornal é que onde tem um cadáver, está um repórter. Rezo para que os jornalistas baianos sejam tão hábeis em achar defuntos quanto os capixabas.

Fico embasbacado com o número de jornais que circulam na Bahia. Um site tem pelo menos uns quinze periódicos, acompanhando os figurões como *A Tarde* e *Correio da Bahia*. Se espremer muito, temos uns cinco jornais impressos no Espírito Santo. De cabeça, só lembro de três.

Ligo para dois ou três jornais. Ninguém me atende. Não sei o que tem nesta sexta-feira, porque nada parece funcionar: polícia militar, polícia civil, jornais..., mas não posso tentar mais, pois tem um jornal que com certeza está em pleno funcionamento e esperando seu funcionário: aquele no qual trabalho.

Caminho para o ponto de ônibus, a quase cinco quadras da minha casa, duas horas atrasado, e recebo uma ligação: meu amigo e companheiro de trabalho no jornal, Marlúcio. Sim, é um nome horrível, por isso todo mundo o chama de Lúcio.

— E aí, rapaz? Cara, o chefe me falou. E aí, você vem para cá?

— Estou no ponto de ônibus, parceiro!

— Mas que barra, hein? Por que não ficou em casa, rapaz?

— Cara, eu não sei o que aconteceu. Não tenho dado nenhum. Eu simplesmente não posso ficar em casa. Vou adiantar meu trabalho, porque, se eu descobrir alguma coisa até amanhã, vou para a Bahia atrás do corpo.

— Mas você sabe onde ele estava antes de sumir?

— Olha, Lúcio, o que sei é o seguinte: ele morreu num garimpo na Bahia. Meses atrás, ele sumiu para o sul daquele estado, numa cidade na divisa com Minas Gerais.

— Caramba! Pode ser qualquer cidade.

— Pois é. Preciso descobrir logo, porque ele foi morto na terça! E se ele for enterrado como indigente?

— Isso não é assim, cara! Eles demoram para enterrar alguém. Vai dar tempo. Agora, vem logo que tá apinhado de trabalho aqui. Enquanto isso, vou ligar para um irmão meu lá do norte do estado para ver o que ele consegue saber.

Mais um irmão... Os pais de Lúcio levaram a sério a ordem de Deus para Adão e Eva: "Crescei e multiplicai-vos!" São doze irmãos disseminando suas crias por todo o Brasil, quiçá o mundo. Em todas as camadas sociais e profissões existe um membro de sua família, fora os agregados, os cunhados, padrinhos e afins. Ninguém me tira da cabeça que isso tudo é um plano maquiavélico para a dominação mundial. Um dia eu o perguntei e ele disse que eu poderia desaparecer se continuasse perguntando.

Um piadista ele.

Acho.

Eu pego o ônibus pensando em como é nobre meu sacrifício. Outra pessoa poderia se afundar em sua autopiedade e ficar em casa chorando ou se recuperando do choque, mas aqui estou eu, me fazendo de forte, me achando um herói.

Na verdade, acho que o buraco é bem mais embaixo.

Quem já morou em "casa de tábua", como diz minha mãe, vive em uma eterna fuga. Eu estou em eterna fuga, me afundando no trabalho para fugir da vida. Como uma pessoa preta, é fácil pensar que o melhor emprego que já tive até agora poderia evaporar caso dessem conta de que eu não fosse essencial.

O pior é que sou bom pra caralho, mas a construção da minha autoestima não me deixa brincar com um vale-refeição e o plano de saúde do jornal.

Por isso eu fujo.

Fujo de meu irmão como fugi do meu casamento. Sempre pensei que a saúde financeira do casamento sustentaria o amor da época do namoro, quando as preocupações eram: uns merréis bem gastos com cinema, anticoncepcionais e uma rosa no dia 29 de cada mês, data em que começamos a namorar. Bem, mesmo se a minha teoria estivesse certa, o fim fatalmente chegaria de qualquer forma, pois minhas finanças estavam na UTI.

Pensando bem, ainda estão...

No serviço, percebo que a vida continua. Gente correndo, prazos apertados, horário do fechamento do jornal chegando ao fim e eu começando a trabalhar. Destacaram uma repórter para me ajudar no caso do meu irmão.

Ela pega algumas informações comigo e parte para o telefone, do mesmo jeito que fiz de tarde, igualmente sem êxito. Como meu trabalho não pode mais esperar, resolvo deixar Daniel de lado por uns instantes.

No teclado do meu computador está uma lista de cidades ao sul da Bahia onde há um Instituto Médico Legal. Tudo conseguido por Lúcio com uma ligação para um de seus irmãos. Sim, eles vão dominar o mundo, mas todos ignoram meus avisos!

— Valeu a ajuda, Lúcio!

— Não foi nada, Samuel! Na verdade, isso daí é pouca coisa, né? Você terá que descobrir os telefones de cada um dos IMLs. Sugiro que faça isso amanhã mesmo!

— Pois é... Vou acordar bem cedo para ver isso!

— Mas eu estava pensando...

— O quê, Lúcio?

Ele chega mais perto, para manter sigilo na sala onde trabalham, além de nós dois, mais três pessoas.

— E se for trote? Afinal, você disse que seu irmão é malandro.

— Disse, é?

Acho que pichei Daniel com todos os meus amigos. Divulgar os atos de um canalha faz de mim um canalha? Pois é assim que me sinto agora.

— Cara, se tratando de Daniel, não duvido de nada, mas não tenho como saber. Preciso achar o corpo dele, se no meio tempo encontrá-lo vivo, melhor para todos...

— Mas fica esperto, cara. Não vai se meter a herói e querer ir atrás do cara no braço! Vai com calma, ligue, descubra onde o cara está e depois você vai reconhecer o corpo. Vai saber em quais circunstâncias ele morreu...

— Isso é o que mais me entristece, Lúcio.

Certa vez, ouvi numa novela uma frase que nunca esqueci: "Nenhum pai merece enterrar um filho."

É claro que essa é mais uma frase universal que você lerá em mensagens, livros, num texto de qualquer dublê de intelectual como eu, mas é uma verdade piegas que se encaixa no que estou vivendo.

Meu avô materno enterrou três filhos. O último, quando tinha 79 anos. Aquele velho e forte coração aguentou ver seu filho mais velho com a fisionomia de um irmão, envelhecido pela bebida e cigarros em excesso. Rezo para mamãe ter a mesma força que o pai dela quando ouvir sobre Daniel.

Descobri na adolescência que os avós, por piores que sejam, são o alicerce da família. Quando meu avô paterno morreu, minha avó se foi poucos meses depois. Eles não enterraram nenhum filho. Porém, meu pai não enterrou o seu próprio pai e não tenho certeza se enterrará seu filho. Neste mesmo dia, numa das ligações para Damião, ele deixou claro que tem compromissos demais com sua comunidade evangélica no interior do estado e não viajará para reconhecer o corpo de Daniel, caso o encontremos.

— Tem uma senhora aqui que precisa de cuidados médicos, e tenho muitas coisas para fazer! Arruma alguém para ir porque não posso!

— Que surpresa, pai.

— O quê?

— Eu disse "amém", pai!

Ainda estou no trabalho quando meu irmão Noé me liga.

— Salve, rapaz. O que aconteceu que você pediu para ligar com urgência?

— Cara, parece que Daniel morreu.

Incrível como se perde o tato quando se repete a mesma informação diversas vezes. É que a gente se acostuma, mas esquece que a pessoa que recebe a informação vai se assustar. Noé nem altera a voz.

— Sabia que isso aconteceria. Onde foi?

O resto é resto. Repito a versão, alterada aqui ou ali, mas basicamente o que já falei dezenas de vezes no dia: meu irmão morreu num garimpo na Bahia.

CAPÍTULO 4

Por fim, consegui a jaqueta

Acordo cedo no sábado e, ainda com a voz rouca, continuo a maratona de telefonemas para o auxílio à lista e para os telefones que não consegui falar no dia anterior. Estes últimos estão como ontem: ninguém atende.

Penso então que a polícia técnica de Salvador pode me dizer algo, talvez o sistema de notificação de óbito seja integrado, ou pelo menos terei um ponto de partida.

— Alô? Olha, eu preciso de uma informação sobre um óbito e...

— Vou te passar para o setor responsável.

Ou é eficácia demais ou o cara está de saco cheio já no começo do dia. Uma mulher atende com um sotaque "arrastado por demais, visse?" – mentira, eles não usam visse – e eu quase não resisto à vontade de imitá-la. Coisa de gente sem traços marcantes em seu sotaque. Coisa de capixaba.

— Em que posso ajudar, cidadão?

— Meu irmão morreu. — Sim, eu já perdi meu tato mesmo!

— Sim, quando?

— Terça-feira.

— Onde?

— Não sei.

— Ôxi! Mas como não sabe?

Mais uma vez, repito a história desde a ligação da minha irmã. Já me antecipo às perguntas, fruto da experiência adquirida com os inúmeros questionamentos de ontem, mas ela não pode fazer muita coisa por mim, apenas relatar os óbitos registrados em Salvador.

— Bem, qual é a idade do seu irmão?

Minha cabeça faz cálculos. Descubro que não sei quase nada, sua idade é um chute, assim como a data de seu nascimento. Daniel fazia questão de me ligar no meu aniversário. Nos primeiros minutos do dia 2 de abril, eu sempre recebia uma brega – mas bonita – telemensagem, muitas vezes na hora em que estava pensando no que fiz da vida, e nunca estava satisfeito com o resultado.

— Cerca de 50 anos...

— Sim... Olhe só... Temos nove entradas aqui na noite de terça.

Nove mortos! E nem foi final de semana! Ô galera que não leva desaforo para casa mesmo...

— Podemos começar?

Estou apreensivo. Enquanto a morte de Daniel era apenas uma possibilidade, eu estava administrando numa boa, mas confirmar a sua partida? Não sei como vou reagir.

— Bem, tem um aqui... 50 anos, moreno, cabelo crespo...

Meu coração pula. A descrição bate. Relevo a palavra "moreno", em desuso no meu vocabulário de orgulhosamente pardo que se descobre negrão. Só respiro aliviado quando ela diz que o morto em questão era...

— Tatuado no peito.

— Não, não é ele. — Eu não sei se sinto um alívio misturado ou frustração. — Ele não tem tatuagem.

— Você tem certeza?

— Claro! Ele não tem tatuagem.

— Ele pode ter feito enquanto estava fora...

— Não! Ele não tem tatuagem — falo indignado, porque, na verdade, ele poderia ter, sei lá.

Talvez, se ela perguntasse de novo, eu aceitaria aquele corpo como o do meu irmão, em nome do desespero.

— Está certo... Bem, tem outro aqui... Entre 45 e 50 anos...

— Hm. Ele não tem 45 nem fodendo.

— Olhe, moço! As idades são feitas devido à aparência do cadáver. Alguns chegam sem identificação e a idade é deduzida, sabe?

— Imagino... Continue!

— Moreno, cabelo crespo, não, não é...

— Por quê?

— Tatuado no braço. Você tem certeza de que...

— Não! Ele não tem tatuagem!

— Tem algum detalhe a mais? Algo que o identificaria mais facilmente? — Seu sotaque está ganhando uma cadência de pessoa estressada. Eu a entendo perfeitamente. Eu estaria puto se tivesse que falar comigo tão cedo.

— Bem, ele usa uma prótese dentária. Ele não tem os dentes da frente. Os quatro.

Desde quando me conheço por gente que Daniel era banguela. E isso nunca foi problema para ele, pelo menos no campo amoroso. Lembro de uma vez em que ele trouxe a namorada para apresentar à minha mãe e eu fiquei apaixonado por ela... aos nove anos. Arranquei todas as flores da vizinhança como presente para ela, que adorou. Daniel, não sei o porquê, não...

Acho que isso marcou o começo de conturbadas relações entre Daniel, a garota de sua vida "do momento" e eu. Dos relacionamentos sólidos dele, eu estive envolvido negativamente em pelo menos quatro.

A primeira que lembro, Vânia, tinha um casal de filhos. Daniel tentava educar os dois como seus. Ele fazia um bom trabalho e eu ia sempre visitá-lo. Guardo muitas memórias daquela casa rosa de madeira, aos nove anos de idade. A pior com certeza foi a de tomar as misturas de boldo ou de suco de beterraba com laranja que Vânia inventava para acabar com a minha anemia. O meu envolvimento negativo com aquela família feliz foi quando um dia, indo embora, Daniel me perguntou se eu queria companhia até em casa. Educadamente, falei:

— Não, obrigado, Daniel. Fique aí com seus filhos!

Vendo agora de longe, até entendo o motivo de Vânia ter ficado incomodada. Eu estava com ciúmes de que meu irmão, a minha "figura paterna" mais próxima, estava sendo pai para outras crianças.

Parei de frequentar aquela casa e logo Daniel terminou o romance, mas nunca a esqueceu. Foi a primeira mulher dele, foi quem o pôs como homem de família. Isso, para quem teve uma péssima referência como pai e família, era uma chance de recomeçar. Eles voltaram a se ver, viveram juntos outras vezes, mas nunca foram felizes como achavam merecer. Vânia morreu há alguns anos, numa situação cercada de perguntas. Até hoje me questiono se ela está morta mesmo. Talvez, apenas no coração de Daniel.

A segunda intervenção foi quando ele gostou de uma menina chamada Lurdinha, oito anos mais nova que ele e quatro anos mais velha que eu. Lembrando disso, percebo que Daniel tem 13 anos a mais do que eu. Ou tinha.

Estava na casa da patroa de minha irmã, um lugar do qual eu não gostava de sair por nada do mundo. Afinal, a patroa trabalhava numa boate e andava nua pela casa. Era prato cheio para um adolescente como eu.

Lurdinha era uma negra de lábios grandes e olhos pretos atentos, com medidas de passista de escola de samba – minha única referência de mulher bonita na TV da época – combinadas a um sorriso bobo de adolescente.

Lurdinha era perfeita.

Se um amigo me contasse que um cara como eu tinha beijado Lurdinha como fiz, eu o chamaria de mentiroso. Na adolescência, meninas lindas e inseguras não dão "ligância" para moleques estranhos. Lurdinha era areia demais para um moleque que nem tinha dinheiro para comprar um caminhãozinho.

Nem eu acreditava, já que ela era amiga da minha irmã e mais velha do que eu. Hoje a idade não faria a menor diferença, mas na adolescência, uma menina de 17 anos não se envolveria com um garoto de 13... Ainda mais quando seu irmão de 26 anos estava apaixonado por ela.

Só havia uma explicação: ela estava me usando para fazer ciúmes nele. Imagine! Eu, sendo usado!

Eu adorei!

O outro caso foi por causa de uma jaqueta! E de uma garota: Laís, também mais velha que eu.

Em tempo, acho que cabe aqui contar que, sendo o caçula dos irmãos, eu sempre fui o preterido das meninas da minha idade, que sempre queriam Daniel ou Noé.

Eu também preferiria a eles. Eu herdava roupas deles e cortava cabelo uma vez a cada três meses, enquanto eles conseguiam ficar minimamente bem-vestidos. E eram grandões, claro. "Adultos."

Voltando à Laís, eu fiquei com ela apenas uma vez. Mas como sempre acontecia tempos depois, eu estava com 16 anos e ela, 18; meu irmão já tinha 29, um homem pleno, irresistível para uma moça mais nova.

Daniel e Laís ficaram. Ficou com a garota, deixou uma jaqueta pela qual eu era doido e sumiu no mundo, como costumeiramente fazia.

Não sei se mais por ciúmes do que por qualquer outra coisa, eu queria aquela jaqueta de volta. Diariamente, ia na casa dela atrás da roupa. Hoje, falando assim, parece não fazer muito sentido, mas acho que eu só queria deixá-la mal por ficar com meu irmão depois de mim.

Por fim, consegui a jaqueta.

A última foi a mulher com quem ele passou a maior parte de sua vida conjugal. Daniel resolveu voltar a morar com a gente e a trouxe junto. Eles ficavam num quarto separado, enquanto mamãe, Neide e eu nos amontoávamos no quarto dos dois cômodos alugados. Daniel jurava que eu tinha um caso com sua esposa. Juro que isso nunca me passou pela cabeça. Pelo menos, não seriamente, apenas como flashes adolescentes alimentados pelo Cine Privé das madrugadas da Band.

— Olha, temos uma pessoa aqui.

A atendente, ainda no telefone, me puxa de volta. Nesta hora, já estou pensando em como vai ficar uma nota trazer o corpo dele para Vitória.

— Cerca de 50 anos... moreno, cabelo crespo... Sem os quatro dentes da frente! Parece que a prótese foi arrancada em uma confusão... Não, por um tiro.

Eu gelo novamente. Quase peço perdão a Deus caso eu realmente tenha feito algo para atrapalhar a felicidade conjugal de Daniel.

— Pode ser ele...

— Não acredito, não, moço...

— Por quê?

— Esse daqui tem uma tatuagem no rosto!

— No rosto? Meu Deus, que tipo de louco faz uma tatuagem no rosto? — reclamo quase rindo, aliviado pela certeza de que não é o meu irmão.

CAPÍTULO 5

Essa foi a nossa última conversa

Depois de mais algumas ligações, resolvo ir trabalhar. A fuga para o trabalho já não parece tão atraente, mas ainda é melhor do que ficar agoniado.

Meu chefe me pergunta por notícias assim que desponto na porta. Já estou começando a achar que era melhor ficar agoniado.

— Nada. Estou com os telefones de lugares onde possa estar o corpo, mas muitos nem atendem. Já liguei para alguns outros e nada.

— Incrível como tem gente que nasceu para dar trabalho, né? Quando você falava do teu irmão, eu achava que estava exagerando, mas agora ...

— Pois é, eu já falei: se ele não estiver morto, eu mato!

O meu riso disfarça a apreensão. Mergulho no trabalho, fazendo cara de durão vez ou outra para quem me pergunta sobre o paradeiro de Daniel. Particularmente, até gosto disso, porque me dá certo charme.

Saio mais tarde que o usual do trabalho, sobrando pouco tempo para continuar as ligações. Odeio meu tio, que recebeu a mensagem na quarta e só nos avisou dois dias depois. Ao chegar em casa, sou surpreendido pelo telefone.

— E aí, "mulher"? Conseguiu algo? — Lúcio adora chamar os amigos assim.

— Não... Liguei para alguns IMLs, mas nada por lá.

— Cara, e o de Teixeira de Freitas?

— Cara, liguei para todos!

— Cara, fica calmo. Se ele estiver morto, você vai encontrar o cara. Afinal, morto não anda.

Desligo o telefone, surpreso com quantos "cara" podem caber em uma ligação, porém Lúcio está certo. Morto não anda, mas pode ser escondido. Quantas famílias ainda procuram os corpos de seus entes perdidos na ditadura? Queria ter um motivo nobre para procurar meu irmão. Dizer que busco um herói, tombado lutando por uma nobre causa, seja qual fosse. Pensando bem, de certa forma, ele foi meu herói. Poucas vezes, mas nas horas em que mais precisei.

Quando eu morava na casa da minha avó, adorava brincava nas escadarias e ribanceiras cobertas por vegetações rasteiras com os meus amigos. Os terrenos abertos eram um prato cheio para gastarmos nossas energias, mas também apresentavam perigos.

Numa dessas desbravadas, brincando de pique-esconde, parti de meu esconderijo em direção ao lugar onde estaria "a salvo" do pique.

No caminho, encontrei um tonel tombado, com a boca deteriorada pela ferrugem, onde bati com o joelho. Caí no chão instantaneamente, e quando tentei me levantar, ainda sorridente e com esperanças de me "salvar" do pique, senti algo escorrendo pela perna.

Meu joelho tinha um rasgo de dez centímetros de tamanho e dois dedos de largura, uma lagarta vomitando todo o sangue que poderia caber na minha fina perna. Eu precisava ser salvo daquele pique.

Minha reação foi gritar, gritar muito, atraindo vizinhos de todos os lados. A cena era de um menino de nove anos, sentado no topo da escadaria, com a perna sangrando, gritando desesperadamente.

Não lembro o que eu gritava. Hoje meu grito aparece sem "forma definida", pois eu não gritava pela minha mãe, não gritava por Deus, era apenas um "aaa" escancarado e gutural de não morrer.

Os gritos se intensificaram quando vi que o cano estourado no topo da escadaria, exatamente onde me sentei, a transformou em uma cachoeira. Com minha vida vertendo pelo meu joelho, logo a escadaria foi tingida pelo meu sangue, atraindo mais curiosos.

Também não lembro com quem brincava, quem me socorreu, quem estancou o sangue, amarrando na minha perna um pano branco. Só lembro de inúmeras vozes dizendo que deviam avisar a minha mãe, mas ela estava na igreja e, como já havia sofrido muito, era melhor deixá-la de fora. Mais uma vez, pouparam Dona Celinta.

A solução foi chamar meu herói. Daniel saiu do seu esconderijo secreto – nossa antiga casa em vias de cair – e me levou no colo para a casa dos pais de um amigo meu. O plano era que eles me levassem ao hospital, mas na mesma hora que o maldito tonel enferrujado abocanhava a minha perna, o vizinho do meu amigo escorregava no seu banheiro, ferindo a testa, sendo levado ao hospital às pressas... de carro.

Sem poder contar com a ajuda da vizinhança, Daniel correu mais três quarteirões para uma farmácia. Fui examinado e o farmacêutico falou, torcendo o nariz:

— Ihhh... Leva ele para o pronto-socorro, rapaz. Esse garoto vai ter que operar.

Gritei em desespero, pedi um curativo, mas nada adiantou. Daniel me levou para o ponto de ônibus, onde encontrei a minha maca: os bancos de trás do ônibus, ainda não eram anatômicos e serviram como uma longa e fina cama.

O motorista, carregado de passageiros e desespero, acelerava, sem respeitar lombadas, me fazendo quicar a consideráveis alturas no fundo do busão.

Ao chegar ao pronto-socorro, apaguei. Vi luzes, vi formas, e logo depois vi a minha mãe fazendo carinho em mim, pensando no quanto sofri. Eu era um garoto com 12 pontos na perna e ela me compensou o susto com um belo pão recheado com ovo...

Ninguém me disse, e logo minha mãe, que foi uma experiente enfermeira, não lembrava que ovo poderia causar uma infecção.

Foi o que aconteceu. Minha perna encheu em pus e, em menos de 15 dias de cirurgia, tiveram que fazer a drenagem de um tumor. Abriram os pontos, espremeram a minha perna e tiraram tudo de ruim dela, junto com um *cadim* de alma minha. Acho que não preciso dizer o quanto foi dolorosa aquela situação.

O sofrimento dessa época se resumia na troca de ataduras e olhar para a minha perna fina e “maculada” com uma cicatriz. Daniel me levava para a limpeza da ferida de bicicleta, todos os dias. Foi assim por meses. Lembro que passei meu aniversário lá e ganhei um bombom da enfermeira. Aquele lugar era íntimo para mim, porém, ainda assim, significava sofrimento.

— Diga obrigado para ela, rapaz.

Agradeci, mas o presente que eu queria era não ter que aparecer mais ali. Isso só aconteceu tempos depois.

Mesmo antes, Daniel foi meu herói. Ele me levou para o primeiro encontro com meu pai, aos sete anos de idade. Aos 14, ele ainda me acompanhou numa cirurgia de adenoide e sinusite, sendo o único a me visitar. Minha mãe, como sempre, de nada sabia das nossas vidas. Sempre poupada, sempre distante, mas sempre amada.

Mas o maior ato de heroísmo de Daniel com o caçula foi livrar-me da morte certa. Uma infeliz coincidência me colocou numa situação que vivi uma semana como se cada dia fosse o último. Garanto que não foi igual aos filmes hollywoodianos onde a pessoa começa a valorizar as pequenas coisas, vai à praia contemplar o sol se pondo, acerta-se com a família, repara seus erros. Foi uma tensa espera pela hora da morte.

Passei a minha adolescência e juventude num bairro barra pesada, onde aprendi a fazer amigos para uma vida inteira, mesmo que para alguns ela fosse curta. Perdi vários conhecidos, além de dois amigos de verdade, na briga do tráfico de drogas.

Nessa época, tinha alguns projetos relacionados a histórias em quadrinhos com amigos. Certo dia, liguei para um deles do telefone público perto do beco onde morava. Fiquei pouco mais de dois minutos lá, tentando falar com ele sem conseguir. Fui para casa e descobri que, duas horas depois, a polícia estourou uma boca de fumo nos arredores de onde fiz a ligação. Os traficantes pensaram que eu os denunciara e, segundo um amigo meu, eu estava marcado para morrer.

Custei a acreditar, mas a minha rotina mudou. Não sei se era impressão minha, só que passei a ver meus conhecidos me olharem estranho, e o pânico tomou conta. Eu não dormia, não comia, só pensava que alguém poderia entrar no meu barraco de um cômodo e me matar. Foram dias de terror, calafrios constantes e uma vontade imensa de que tudo aquilo acabasse.

Depois de algum tempo, contei tudo para minha mãe, que me pediu para rezar.

Sim, rezar. E eu rezei muito e pensei que essa seria a única coisa que faria, mas ela falou com Daniel.

Meu irmão encontrou o dono da boca, o Nego Delso, e esclareceu o ocorrido. Ele estava disposto a enfrentá-los e chegou a fazer ameaças. Aos poucos, retomei a vontade de viver, mas nunca esqueci o fato de que minha vida já esteve por um fio por duas vezes. E meu irmão estava lá para me resgatar.

Choro ao perceber que nada mais poderei fazer para compensar esses atos de heroísmo e de carinho, pois ele está morto.

Eu ainda tentei evitar o pior algumas vezes, quando ele se meteu em problemas financeiros. Uma vez, ele não entregou uma obra e o proprietário o ameaçou de morte.

— Samuel, preciso de dinheiro para sair do estado.

Eu dei o dinheiro, mas não sem antes dar um sermão:

— Daniel, você é o irmão mais velho, deveria dar o exemplo! Como pode viver uma vida assim? Quer um conselho? Pegue esse dinheiro, suma daqui e comece a sua vida em outro lugar! É melhor para todos que você já enrolou, e para você também.

Essa foi nossa última conversa. Meses depois, recebi a fatídica notícia, me fazendo pensar se eu não poderia ter feito mais pelo meu herói, a não ser achar seu corpo... E é o que tento fazer há dois dias.

CAPÍTULO 6

Empresto, confio, desapego, acabo abandonando

Domingo, dia de folga, e eu em casa, pensando no que posso fazer para encontrar meu irmão num dia morto como este. Morto. Essa palavra parece estar em tudo que faço.

Me cadastro em comunidades do Facebook para encontrar pessoas que possam saber onde estão os garimpos da Bahia. Comunidades como "Bahia", com mais de 32 mil pessoas, e "Professores na Bahia" me parecem um belo começo.

Posto uma mensagem expondo a situação na qual me encontro: procurando alguém que foi para um garimpo e não deu mais notícia. Não entro em maiores detalhes, talvez por isso só recebo duas visitas em minha página. Apenas uma me deixa um recado. Luci é prestativa e informa sobre uma mineradora em Jacobina, mas não pode dar mais informações por ter saído de lá há tempos. Ela nasceu em Juazeiro, porém fez a mudança para São Paulo.

Depois entro em contato com Lurdes, que não me deixou recados, mas mora perto do lugar mencionado por Luci. Mando duas mensagens mornas, pedindo informações da Bahia. Lurdes, uma senhorinha solteira, provavelmente me vê como uma bela distração. Não que eu seja padrão de beleza, porém meu sorriso arranca delas uma vontade de me ajudar. Ou de me comer.

Conto toda a história mais uma vez. Fiquei bom em usar as palavras que emocionam.

Luci tenta saber se alguém com as características de meu irmão foi encontrado em sua região. Depois de uma resposta negativa, ela me passa alguns telefones e eu ligo, sem êxito. Daniel não está lá.

Mais uma vez, penso em ir atrás dele de peito aberto, enfrentar os perigos e sobreviver para contar isso em uma história em quadrinhos, ou num livro. A quem quero enganar? Isso rende ao menos um filme! É só eu me expor às adversidades para fazê-lo ficar interessante o bastante para faturar uma ótima bilheteria, quiçá um Oscar. Toda a carga dramática está aqui, prontinha. Já imagino o trailer:

Telefone toca. Narrador fala:

— Ele recebeu uma ligação...

Entra Lázaro Ramos fazendo o meu papel, pega o telefone e ouve uma voz chorosa:

— Samuel, mataram Daniel. Seu irmão está morto!

A fala da Lena terá que ser mudada para dar mais impacto, claro.

Depois, uma sequência de cenas de Lázaro Ramos – eu – ardendo no sol da Bahia, procurando em meio a diversos figurantes de uma produção milionária coproduzida com um estúdio bam-bam-bam brasileiro, mostrando-o sendo preso e torturado. Entra o narrador falando:

— Agora, ele vai pôr em risco a sua própria vida para saber onde está o corpo de seu irmão!

Então, cai a ficha:

Vou, é? Arriscar minha vida para salvar um morto? É... acho melhor ficar por aqui mesmo...

Pensando em Lázaro, meu irmão e tudo mais, me vem o seguinte questionamento: será que eu teria tanto problema para encontrar meu irmão se ele fosse branco?

É uma leitura que faço agora, mas nem sempre me pertenceu.

Eu sempre achei que havia vivido uma infância de preconceito, não por causa de pele, e sim pela minha condição social e criação. Pobre e sem pai, eu era visto como um ser menor entre os amigos que tinham pais e padrastos.

Minha família me fazia acreditar que eu não era negro, que meus problemas se resolviam com valores e costas quentes.

Me faltavam valores? Sinceramente, não sei, mas costas quentes, definitivamente sim. Com quem se reclama de um menino que te bate na escola em uma família fragmentada? Mamãe mandava pedir a Deus que parassem. Não adiantou muito...

Por muitas vezes não briguei, apenas apanhei ou fugi, por não ter quem me protegesse caso as coisas saíssem do controle. E se aparecesse arranhado, apanhava em casa. A solução era evitar. Evitar sempre. Com o tempo, desenvolvi a arte da diplomacia com possíveis agressores.

Aos amigos, mostrava desprendimento com as minhas coisas, só para não pensarem que eu era um coitado. Eu pagava por atenção, e pagava caro. Os brinquedos que eu ganhava dos filhos das patroas de minhas irmãs viravam passaportes para amizades. Momentos depois, eu percebia a importância daqueles brinquedos para mim e chorava.

O momento que eu mais senti foi quando dei algo que conquistei por mérito: um livro de poemas. Num torneio entre escolas, representei a minha com um poema que havia escrito:

Eu gosto da minha professora

Porque ela gosta de mim

E isso nunca vai acabar
Porque meu amor não tem fim

Se levarmos em consideração que estamos falando de um poema composto por uma criança de nove anos na terceira série e que os outros textos eram evidentemente escritos por irmãos ou pais dos concorrentes, me deram o primeiro prêmio: um livro de um poeta capixaba, que não sei o nome e nunca saberei, porque, semanas depois, dei esse livro a uma mulher que eu queria agradar. Meu primeiro reconhecimento foi para as mãos de uma mulher que não lembro o nome e que nunca deve ter lido aquele livro, porque eu queria ser querido por ela.

Sou péssimo em guardar coisas. Empresto, confio, desapego, acabo abandonando. Isso aconteceu com um teclado de um amigo, no qual estava de posse aos 17 anos. Deixei-o na casa de uma senhora a fim de agradá-la. Queria permissão para ficar com a filha dela. Dias depois, elas mudaram e sumiram com o bendito teclado. Eu, com 17 anos, "não tinha bosta no cu pra cagar", como diz minha tia Jacineia, e estava devendo um teclado para meu amigo.

Dias depois de contrair a pesada dívida, passei por uma padaria de um desafeto e lá vi o moleque tocando em um teclado. Meu coração misturou desespero com alívio quando vi que era o teclado que a dona maldita lá havia surrupiado de mim. Ela o usara para pagar a dívida na padaria.

Eu avisei ao dono que o teclado era roubado e que o queria de volta. O dono, que tinha uma história especial comigo, não quis nem me ouvir.

Três anos antes, eu brincava com um amigo meu na cadeira de aço da padaria desse indivíduo quando empenamos um dos pés dela. Imediatamente, ele veio reclamando enquanto eu tentava consertar. Não foi o bastante, pois entre meus esforços e pedidos de desculpa, eu ouvi uma frase célebre dita pelos racistas de plantão:

— É, não tem jeito mesmo! PRETO quando não faz merda na entrada, faz na saída!

Naquele momento, aos 14 anos e uma vida de certa "aceitação" por ser um homem negro de pele clara, ou como minha mãe me chamava na época, "moreno-claro", me ofendi ao ser identificado como preto. Quis brigar, bater, pichar a padaria, acusando o golpe desferido por aquele homem em apenas uma frase. Ele me ofendeu, foi racista, mas a ofensa pior para mim, naquele momento, seria uma palavra que eu digeriria ao longo dos anos.

Preto. Preto.

Não moreno-claro.

Preto.

Ao me lembrar daquelas palavras, não foi difícil levar uma intimação da polícia para o indivíduo e convocá-lo à delegacia por receptação de material roubado. O dono, a quem inevitavelmente tive que contar, foi buscar na delegacia.

A delegacia ficava a dois bairros de distância. Uma longa caminhada.

— Quer uma carona?

O dono da padaria abriu a porta do chevette preto para mim.

Fui para casa com meu algoz, a pessoa que me expôs a mim mesmo, coisa que a minha família – incluindo Daniel – não fez.

CAPÍTULO 7

Você tem dinheiro para ir embora?

Gasto parte da manhã de terça-feira com esclarecimentos ao meu tio e a Lena sobre o que consegui até agora, ou seja, nada. Falo para eles como está ficando onerosa essa procura. Eu já perdi as esperanças. Quando Noé me liga.

— Samuel, parece que tem um corpo em Teixeira de Freitas com a descrição do Daniel. Ele está para ser enterrado amanhã.

— O quê? Mas não pode!

— Estou fazendo o que posso para segurar os caras. Você tem que dar um jeito de ir lá, ou sei lá.

— Eles não podem mandar uma foto?

Penso no que falei e já me arrependo.

— Vou pedir isso a eles, mas não sei se farão.

Explique a situação a eles, Noé! A gente não pode deixar enterrarem o cara sem saber se é o Daniel!

Noé promete se esforçar. Ele já está fazendo demais para um cara que teve uma vida como a dele.

Enquanto Daniel me introduziu na leitura, Noé me apresentou aos desenhos. Ele fazia pontilhados para eu seguir, e assim fazer palhaços, animais, carros... Antes mesmo de ir para a escola, ele me apontou o caminho que me levaria à minha profissão: ilustrador. Já Daniel apontou o caminho que me levou à minha paixão, que são as histórias em quadrinhos.

Noé sempre foi muito nervoso, explosivo, visto como uma ameaça dentro de casa. Socava as paredes de tanta raiva contida com a nossa conturbada estrutura familiar. Dezenas de cobranças para que arrumasse um emprego aos 14 anos só fizeram dele um estranho em casa. Um dia minha mãe tentou bater nele, que se defendeu empurrando-a contra a mesa, deixando um hematoma. Foi o início da jornada para Noé.

Mandado embora de casa por Lena, apoiada pela nossa mãe, Noé passou a vagar em casa de parentes e amigos, ficando cada mês num lugar diferente. Eu sempre o procurava para saber como estava.

Eu tinha dez anos quando ele começou a viver como passarinho, de toca em toca, galho em galho, sem um ninho. Era triste vê-lo agregado na casa de alguém, sem idade para trabalhar profissionalmente ainda, apenas dependendo da boa vontade alheia.

Mas ele sempre estava bem e perguntava por todos. Acho que queria saber se estávamos vivendo melhor. A verdade é que nunca vivemos bem, com ou sem ele.

Numa família grande, o mais novo é mimado pelos irmãos, é sempre perdoado e protegido por todos. Na minha família, o caçula, no caso eu, teve seus mimos, mas também foi transformado no garoto de recados, no faz-tudo da família. Quando nossa casa ameaçou cair, meus tios e meus irmãos a derrubaram e ambicionaram construir outra no lugar. Com o tempo, influenciados pelos meus irmãos mais velhos Daniel e Lena, mamãe vendeu o terreno e passou a usar parte do dinheiro para sobrevivermos na casa da minha avó. Logo vimos metade do dinheiro da casa sumir e caminhávamos para um futuro sem moradia e sem dinheiro. Então compramos um terreno duas vezes menor que o nosso no município vizinho, com um barraco de um cômodo, onde mais tarde iriamos morar. Eu fui encarregado de cobrar o aluguel da infeliz família que ocupava o barraco.

Aos 12 anos, minha vida era cruzar as cidades vizinhas de Vitória atrás de dinheiro e da família fragmentada. Eu ia para a Serra cobrar o aluguel, ia a Vila Velha pedir dinheiro à Lena, que trabalhava como doméstica, ia a Cariacica pedir dinheiro às minhas tias, irmãs da minha mãe. E onde ele estivesse, eu visitava Noé.

Certa vez, quando já estávamos morando na Serra – no tal barraco deprimente –, eu estava em Vitória, onde ainda estudava, e me vi sem dinheiro de passagem. Resolvi pedir a minha avó, que nunca foi muito com a minha cara. É triste pensar agora que, se eu fosse mesmo parte de um plano frustrado de minha avó e minha mãe para prender meu pai em casa, ela teria razão de me olhar como olhava.

Nada consegui com ela, sempre muito sovina, pensava na época. Hoje eu penso que era um senso de preservação. Imagine só: 12 filhos que, por sua vez, cada um com pelo menos três ou quatro filhos. Se todos pedissem a ela uns trocados...

Eu era o caçula da irmã do meio. Pensando nisso hoje, em nossa situação, consigo realizar que a minha avó não era uma má pessoa.

Era uma mulher cansada.

Mas, naquela época, era apenas uma senhora que falava cuspindo e que não gostava de mim.

Bem, sem dinheiro para voltar para casa, fui tentar meu último recurso: Noé.

Eu o encontrei morando embaixo de uma igreja chamada Casa da Amizade, no Alto Itararé. Era um lugar pequeno, porém aconchegante. Lá estava meu irmão, três anos depois de sair de casa, morando embaixo da igreja, tomando conta dela.

Ele podia ter se revoltado com o mundo, mas estava tentando ser melhor.

Noé passou o inferno antes de ter o direito de ser feliz. Como eu disse, era glorioso como Deus havia escolhido a nós, segundo a minha mãe, para sofrer. Ele foi mandado embora de casa quando as ideias que definiriam o homem que ele se tornaria mais tarde estavam em formação. Depois de uma infância de brigas e muita revolta em casa, depender da compaixão da minha avó não lhe trouxe paz.

Noé e Daniel foram morar num barraco de dois andares, com um cômodo em cada andar. Nunca daria certo. Logo os dois discutiram e um teve que sair. Noé estava novamente sem rumo. E não foi exclusividade minha criar atrito com Daniel por causa de mulher. Segundo meu irmão mais velho, Noé teria se interessado por Vânia, a primeira mulher dele, o que foi negado veemente pelo acusado. Daniel já havia se enganado comigo, por isso nem tenho por que não acreditar em Noé.

Depois de penar muito, de casa em casa, ele foi morar na casa de Dona Divina, uma senhora que o tem como filho. Lá ele ganhou um quarto fora da casa, um lugar onde finalmente pôde chamar de lar. Seguindo o exemplo de nosso pai – ou a falta de opção para um rapaz jovem cheio de ódio –, virou policial. Existe algum modo melhor de se canalizar a fúria, senão direcionando contra quem julgamos merecer?

Noé começou na polícia como um desses "mantenedores da ordem". Era o tipo que não se importava apenas com bandido, mas com quem descumpria coisas simples, algo que falta nos nossos policiais hoje. Afinal, se você sabe que é proibido jogar lixo no chão, por que não usar de sua imagem para fazer com que as pessoas parem de jogar lixo em qualquer lugar?

Ele corria atrás de bandidos, sentindo-se um verdadeiro super-herói. Ele foi herói para muita gente, como os que vemos nos quadrinhos, os quais, aliás, líamos muito.

Lembro-me de uma pequena revista que ele me deu, ainda quando morávamos na mesma casa.

Novinha, novinha. Tinha acabado de comprar, ler e jogar para mim ao sair do quarto. A revista era *As Aventuras dos Trapalhões*: Didicop, uma paródia onde Didi era o Robocop, filme que "bombava" na época. Li na hora, adorei. Eu não sei o que essa revista em particular teve demais, mas o fato de meu irmão tê-la me dado seria motivo para guardá-la para toda a vida. Bem, como já disse, ainda não aprendi a guardar as coisas que realmente têm algum valor para mim. Mas isso não significa que eu não dê valor a elas, senão... não doeria tanto.

Mas o próprio sistema fez com que Noé enxergasse que ele era uma voz solitária como herói. Estava ali para garantir o seu sustento, não salvar vidas, colocar quem infringe a lei na cadeia, ser o braço da justiça. Ele era apenas um trabalhador, como tantos outros, arriscando seu pescoço por um salário ridículo.

Ele é cristão, o que para mim é paradoxal, porque quando você está numa vida onde pode ser obrigado a matar uma pessoa, está indo contra as leis de Deus. Por outro lado, se você não tiver muita fé em Deus, não consegue fazer o que é certo, até mesmo se isso implicar na morte de alguém. Complicado, não? Precisa-se ter muita fé em Deus para fazer algo que Ele reprovaria...

Por isso que a vida militar não me seduziu. O terrível pensamento de ficar numa situação em que ou mata ou morre me assusta. Ele tem muita coragem, ou poucas opções. Bem, somos os escolhidos, não? Sofrimento é o nosso nome do meio...

Noé foi compensado pelo caminho que trilhou. Saiu de casa e anos depois voltou ao seio da família para pedir permissão à minha mãe para se casar. Não que precisasse disso. Acho que Noé queria provar para mamãe que sobrevivera e não a decepcionara em nada.

Muitos dizem que Noé foi um ingrato, que prosperou e não ajudou a família. Oras, ele fez muito pela nossa família. Num triste resumo, não há um filho, com exceção de Noé, que já não dependeu da parca pensão recebida de meu pai pela minha mãe. Lena engravidou, e quem cuidou do nosso primogênito sobrinho por um bom tempo foi minha mãe; Daniel vez ou outra pedia dinheiro, quando não fazia dívidas em nome dela sem pagar; Nara sempre pegava compras de casa; Neide, com três filhos, foi sustentada por ela a vida toda, pois foi incumbida de cuidar da Dona Jane. Eu fazia uma coisa aqui ou ali, mas sempre dependi dela até os 18 anos.

Portanto, como a única pessoa a sair de casa e nunca mais voltar, a não ser para pedir a bênção para se casar, Noé fez mais por nossa mãe do que nós todos fizemos: não lhe deu despesa.

Casou-se e teve dois filhos. Mas, apesar de estarmos a algumas cidades de distância, só conversamos por celular, e isso já faz oito anos...

Porém, ainda hoje, minha mente volta à Casa da Amizade, onde eu me encontrava na frente de Noé. Eu pensei na situação dele, sem recursos, fazendo estampas para camisas, bordados e tudo o que era artesanal para sobreviver. Me senti mal por ir lá não só para vê-lo, como fazia há tempos, mas também para lhe pedir dinheiro para voltar para casa.

Não tive coragem de fazê-lo, então apenas dei tchau e virei as costas. Estava entardecendo. Eu já havia andado de uma cidade a outra numa situação parecida e demorara cerca de três horas. Acreditava que conseguiria chegar lá antes de anoitecer. Foi quando ele me perguntou, esticando a mão com dinheiro:

— Você tem dinheiro para ir embora?

Eu me virei, o abracei e chorei.

CAPÍTULO 8

Nasci na época errada, família errada, com a cor errada

Minha terça-feira ainda não está completa. Ainda em casa, transformada no centro de operações para encontrar Daniel, recebo mais um telefonema:

— Oi, lembra de mim?

— Hmm... Daniela? — Reconheço a voz sutilmente anasalada.

— Boa memória! Quando vem me visitar?

— Eu não sei, querida... — falo, meio sem jeito.

Daniela é uma enfermeira que conheci num ponto de ônibus meses atrás, em uma cidade vizinha. Pegamos o mesmo ônibus em direção ao terminal rodoviário. Dali, eu deveria ir para Vitória, mas decidi ser educado e acompanhá-la de ônibus ao terminal que era caminho para a casa dela. Lá pegaria um ônibus que daria uma volta tremenda e iria para Vitória. Chegando nas proximidades de sua casa, surgiu o convite para acompanhá-la por mais um tempo. Decidi ser mais educado aceitar. Após, perdi a educação e acabei dormindo lá mesmo. Depois disso, só nos falamos por telefone, mas não pintou nada mais.

— Que pena, lindo... E aí, como você está?

— Mal pacas.

Antes mesmo de ela perguntar o motivo, eu despejo toda a informação assim, na lata, sem papo comercial. Ela fica aturdida por alguns segundos. Tento fazê-la responder como se reclamasse do calor.

— Pois é, Dani. Meu irmão e seu xará morreu e eu não sei onde procurá-lo. É foda!

— Nossa! Você deve estar sofrendo muito, querido!

Um irmão morto e desaparecido me faz o homem mais paparicado do mundo. Deus que me perdoe, mas estou até sentindo certa comodidade: palavras carinhosas por todos os lados, compreensão e reconciliação. Meus tios por parte de pai, após saberem da morte de Daniel, começaram a olhar para o caçula da família, o único filho de Nicanor a que eles têm acesso, como um bem a ser recuperado. Daniel se orgulharia em ver o bem que está fazendo depois de morto. Ou morreria de inveja.

— Estou sim, Dani. Eu não sei mais o que faço para achar o meu irmão. Ele pode estar em qualquer lugar da Bahia, e aquilo é um mundo de terra. Como achar esse homem?

— Bem, eu penso da seguinte forma... A minha concepção de vida e morte não é muito normal, sabe? Mas espero de coração que me entenda.

— Tá, Dani.

— Acho que você deveria deixar ele para lá — fala rapidamente, como se tivesse deixado escapar da boca.

— Deixar para lá? Como assim?

— É! Deixar para lá. Tava pensando no quanto de energia você está gastando procurando por seu irmão e o quanto isso está te consumindo... Seria melhor você deixar ele para lá.

Tento ver alguma lógica no que ela disse. Talvez precise de um pouco mais de detalhes sobre a "concepção de vida e morte" de minha estimada conselheira.

— Você está brincando, né? Daniela, é o meu irmão, que foi morto sabe lá Deus onde! Você diz para eu abandonar o corpo dele e viver minha vida sem saber onde está enterrado?

— E daí? Vai adiantar alguma coisa você trazer seu irmão lá da Bahia para ser enterrado em Vitória?

Ela me pega de jeito. Apesar de ter sido criado convivendo com meus avós, eu sequer sei onde eles estão enterrados. Fatalmente, vai acontecer a mesma coisa com Daniel.

Enquanto eu penso, ela continua a me bombardear. Meus poucos segundos sem responder servem de munição para a confiança dela.

— Se ele estivesse lá, doente, necessitando de cuidados e você estivesse aqui sem saber como chegar lá, até entenderia, mas ele está morto e não há nada mais que você possa fazer. Viva a sua vida, baby. Relaxe e cuide dos vivos. Vem me visitar, vem?

Eu penso no que ela diz e vejo até certa razão. Achar Daniel está ficando oneroso demais, além de acabar com a minha saúde. Estou cultivando com carinho a depressão causada pelas lembranças de minha vida, e enterrar Daniel metaforicamente é uma ideia terrivelmente interessante. Estou convencido de que, se eu não o achei, ninguém o achará, e Deus sabe o quanto eu me empenhei para isso.

A solução é interessante. Deixá-lo na Bahia parece mais que conveniente, um ato de compaixão para a minha mãe, que viverá uma vida pensando que o filho ingrato está aprontando as suas longe. Antes pensá-lo como ingrato do que como morto. Afinal, ela passou mais de seis anos sem saber de Noé, que nunca a fez mal, qual seria a diferença em ficar a vida inteira sem um cara que vivia reclamando da vida, que achava que o mundo estava contra ele, quando não fazia nada para ser aceito?

Neste momento, penso no quanto sou assim também. Tenho a tendência em achar que sou um erro neste mundo. Nasci na época errada, família errada, com a cor errada. Deus talvez tenha acertado no sexo, mas o resto me parece errado e isso me deixa frequentemente descontente. Percebo que tudo o que odeio em Daniel transborda em mim aos litros. Daniel me serve como um espelho, e ao me ver nele, noto o que não quero para mim. Mas meu espelho está quebrado, e me desespero em não saber mais o que não posso fazer na vida. Daniel se foi e eu só tenho as minhas próprias pernas, minhas próprias tentativas, sem referências. Não tenho mais seus fracassos para enriquecer minhas ridículas vitórias, que para qualquer pessoa de fora do nosso ciclo é algo ínfimo, mas é o mais longe que um de nós chegou neste mundo feroz. Perco meu lado negativo, e assim sendo, meu complemento. Quem tirou a vida de meu irmão, tirou de mim a minha parte mais humana, que me fazia querer mudar, me empurrava para frente cada vez que eu afundava na lama.

E essa parte é meu irmão, e está em algum lugar na Bahia, e eu não vou desistir de encontrá-lo, não para me completar, mas para dar descanso à pessoa que, mesmo sem saber, me faz ver que posso ser mais.

— Samuel? Então, você vem?

— Não, Dani. Não vai dar. Tenho que achar meu irmão. Devo isso a ele e a minha mãe.

— Ok, lindo! Espero que consiga encontrar seu irmão. Quando souber notícias dele, liga para mim. É claro que não precisa só para me dar notícias dele...

— Aiaiai... Você, hein? — falo num tom de reprovação, seguido por uma risada.

Desligo e me arrumo para ir ao jornal, ainda com a convicção de que vou encontrar Daniel.

CAPÍTULO 9

Alguns colegas acham que sou gay

A terça-feira não quer acabar. Estou cada vez mais convencido de que vai ser impossível encontrar Daniel sem a ajuda da polícia. Porém, se eu levar o caso para eles, não tem volta. Vou ser obrigado a falar com os demais familiares e, inevitavelmente, mamãe saberá da morte do filho. Já imagino a aflição dela.

Não há muito mais a ser feito: assim que eu puser a cabeça no travesseiro, completará uma semana de sua morte. Sei lá quanto tempo um cadáver permanece no IML sem identificação, mas uma semana me parece tempo o bastante para se livrar de um corpo não reclamado. Na verdade, eu preciso deixar de lado essa busca que me consome, dividir com alguém da família, passar parte da responsabilidade para frente, porque o fardo está ficando pesado. Ligo então para Lena.

— Alguma notícia de Daniel? — já me pergunta, antes mesmo de um "oi", num tom machucado.

Eu respondo chateado por não ter novidades, mas não dá para conter o que está se desenhando inevitável:

— Nada, Lena. Escuta, tá muito difícil para mim tudo isso. Eu vou contar para a Neide e ver o que ela acha de a gente contar para a mamãe.

— Acha que mamãe aguenta?

— Claro, Lena! Aquela mulher se faz de frágil para ficar cercada de cuidados, mas ela é forte pacas!

— Mas conversa com Neide em sua casa. Não sabemos como ela vai reagir. Depois contamos para a mamãe.

Ela tem razão. Assim que desligo, tarde da noite, telefono para Neide para pedir ajuda na limpeza da casa. Ela dá um trato no meu cafofo esporadicamente a um preço módico. Neide reclama, mas diz que vai estar aqui no dia seguinte.

— Não sei por que você me chamou aqui, Samuel! Faz pouco menos de uma semana que eu apareci aqui, seu porquinho!

Neide para por um instante e vê a minha cara triste enquanto eu procuro um modo de começar o tenebroso assunto que vomitarei nela.

— Que foi, Samuel?

— Preciso te contar algo sobre Daniel. — Meus lábios arqueiam. Quero chorar.

— Algo com Daniel? O que foi? Ele morreu?

— Sim... Num garimpo na Bahia. Assassinado. — Procuro um lugar para olhar que não seja os olhos dela.

Ela apenas continua andando. Estranho não se desmanchar em lágrimas, porque atualmente é a única da família a conversar com ele. Recebo seus ombros como resposta.

— Eu sabia que, cedo ou tarde, isso aconteceria. — Ela troca de roupa, o assunto não a abala. — Só não achava que seria lá na Bahia. Vai ver ele enrolou alguém por lá, e você sabe que nesses lugares o pessoal não facilita...

Quem a vê dizendo isso pensa que a Bahia é terra sem lei, que todo mundo anda com uma peixeira na cintura, se mata gente no dente e nem enterra. Daniel correria risco de vida aqui, lá na Bahia ou em qualquer lugar. A sorte dele apenas acabou no lugar errado. Errado e tão bem escondido que nem consigo achá-lo.

— Sabe o que eu acho? Daniel não tá morto! — Neide decreta o domínio sobre a vida e a morte, enquanto desmancha a montanha de pratos na pia. A procura pelo meu irmão me deixou sem tempo para lavá-los. Coitado do Daniel. Virou desculpas para tudo...

— Bem, eu não sei, Neide. Ligaram de lá, falaram o nome dele completo. Por que você acha que alguém brincaria com algo tão sério?

— Eu sei que ele não morreu porque eu não senti nada em meu coração — responde ela, me olhando nos olhos, crente que a vida é uma novela.

Provavelmente, Neide acha que devia deixar um prato cair no chão ou sentir tontura quando Daniel recebesse o tiro fatal - lembra que eu também pensei assim? Acho que até posso colocar essa cena no filme que desisti de fazer sobre ele.

— Não sentiu nada no seu coração? É assim que funciona, Neide? Ah, e eu gastando aqui. Aproveita e descobre onde ele está!

— Credo, Samuel. Eu só acho que ele não está morto. Mas, se ele morreu, o que há de fazer, né? Ele não se acertou, deu nisso!

Neide ainda guarda mágoa de Daniel, como todos nós. Quando nosso barraco na Serra deu lugar a uma casa de alvenaria de dois cômodos, ele veio com a mulher, o filho mais novo e a sua enteada morar com a gente. Espremíamos Neide, mamãe e eu num cômodo e eles no outro. Essa convivência era danosa demais para ambos e a intolerância levou Daniel a fazer algo terrível com Neide. Aos 20 anos, ela levou seguidos golpes de cinto do irmão, influenciado pela sua enteada. Foi a primeira vez em anos que vi Neide chorar. Depois disso, nunca mais chorou. De tanto falarem para a gente engolir o choro diante de cada maldade, aprendemos a chorar para dentro.

Eu custo a acreditar que Daniel já tenha ido tarde para muita gente. A única pessoa que sinto que ficou imensamente magoada com a morte dele foi Lena e, um pouco menos, eu. Logo as pessoas com quem ele discutiu pouco antes de partir. Será então remorso?

Não sei se é fruto da minha mente depressiva ou se todo mundo já pensou assim algum dia, mas... Será que sentirão a minha falta quando eu morrer? Quantas pessoas chorarão? Quantas pessoas terão essa sensação de "já foi tarde" que vejo no caso do meu irmão?

Eu sou do tipo sociável, mas algumas pessoas gostam de me definir como... chato. Minha conversa é mais formal no começo, o que pode parecer prepotência ou exibicionismo. Com o tempo, surgem piadas nem sempre faladas nas horas próprias. Meu sorriso é grande, mas pode ser encarado como o de um político, palavras de uma colega minha. "Você deveria ser político!" Sinceramente, não sei se isso foi um elogio...

Meu carinho pelas minhas colegas faz com que a maioria delas me defina como uma graça. Para outras, a definição é... galinha. Outras pessoas me têm como psicólogo, algumas como intrometido. Meu trabalho como ilustrador é visto como vagabundagem pela família, minhas tentativas de ganhar a vida fazendo histórias em quadrinhos são uma idiotice aos olhos de muitos, meus sonhos são apenas sonhos aos olhos de todos.

Minhas complicações amorosas são irreais para uns, meu coração é uma pedra para alguns, minha barriga é preguiça para outros tantos, meu bolso é uma fonte inesgotável para certos parentes, minha mão é de vaca para outros, meu humor é negativo para a minha mãe, eu sou visto como um egoísta pelos meus sobrinhos.

Ah, sim. Alguns colegas juram que sou gay.

Talvez pudesse ser bi, se a igreja cristã não tivesse posto gatilhos de um inferno em vida para quem não tivesse medo de escolher com quem se relacionar. Caí nesta e aqui estou, com menos opções que poderia ter.

Então, fazendo esse balanço, penso: quantas pessoas vão dizer "já foi tarde"? Eu não saberia dizer isso, porque sempre é cedo demais para ir.

Daniel tinha muitas coisas para resolver, para consertar, muito para viver ainda. Ele tinha um garoto para educar, transformá-lo em seu oposto, não o fazer passar as penúrias que nós passamos. Ele teria que vencer na vida, ser um profissional, ter seu negócio, ser o orgulho da família. Daniel ainda teria que provar ao nosso pai que, apesar de tudo, nós sobrevivemos, cada um a seu jeito, sendo seu professor, sendo seu próprio guia.

Os desafios de Daniel ainda estavam esperando. Ele precisava ver a mamãe em uma casa nova, pois até hoje ela vive nos mesmos cômodos onde Neide apanhou. Ele precisava formar seu filho, ter seus netos, contar a nossa história para eles, com o tom de "naquele tempo era tudo difícil".

Daniel não pode estar morto. Não pode negar a esta família a possibilidade de se redimir dos erros, de ser algo maior do que fomos por todos esses anos. Ele precisa nos ajudar a deixar de sermos sobreviventes e enfim nos transformarmos em uma família de verdade.

Quantos exemplos de vida encontramos em cada esquina, quando irmãos se juntam para um determinado fim, criando negócios, promovendo ideias, reforçando os laços familiares? É só olhar um comércio ou uma pequena empresa. Ali existe uma família.

— Continuo achando que Daniel não está morto.

Observo Neide, convicta, limpando o chão.

— Eu acredito no que vejo, Neide. Nesse caso, no que não vejo. Hoje faz uma semana que o tio recebeu a notícia de que Daniel morreu. Ele não deu as caras até agora, nem um "oi, cachorro!". Não vou desistir até saber o que aconteceu.

— Pois é... Espero que você encontre o Dani, Samuel.

— Eu também, Neide. Ele não merecia esse fim.

— Mas, se for verdade mesmo... tava demorando para algo assim acontecer, né? Afinal, ele aprontou demais.

— Demorou? Acho que gente como a gente sempre vai cedo demais.

CAPÍTULO 10

Tava demorando, né?

A quarta-feira se vai, completando assim uma semana da morte de Daniel e cinco dias de procura. É hora de fazer mais uma tentativa com a Bahia.

Entro em contato com mais um jornal do interior e tento falar com o editor-chefe de lá. Passam-me um celular e dizem que ele só atende ligação, bem *old school*. Sou prontamente atendido pelo editor, em horário de almoço, e conto a minha história.

— Não se teve notícia de nada parecido com isso por esses dias não, sabe?

— Sério?

— Sim, e digo mais: isso tá cheirando a golpe do teu irmão.

— Ôxioxioxi, deixa disso, cara! — Percebo que já estou "soterocapixabando".

— Não, é verdade! Teve um cara que devia todo mundo aqui. De uma hora para outra, disseram que o *home* havia morrido. Uns três anos depois, o cabra desfilou pagando as contas dele, com sorriso na cara, como se nada tivesse acontecido.

— E foi, é? — Pronto. Minha entonação é de um baiano legítimo!

— Mas foi! Vai por mim, rapaz, seu irmão tá vivo. Se ele é ruim como tu disse, deve tá aprontando muito por aí.

Enquanto ele responde, percebo que falei mal novamente de meu irmão. Está se tornando meu esporte preferido. Talvez eu use isso para tentar apagar a importância que ele tinha em minha vida e não sentir tanto a sua perda, mas a verdade é que eu sinto, e não saber onde meu irmão está me faz uma pessoa vazia.

Agradeço aos caros conselhos do ilustre editor-chefe e continuo a busca pelo morto que as pessoas insistem em dizer que está vivo.

Bem, é do meu feitio ir contra a maré. Não que eu queira acreditar que Daniel esteja morto, mas é a informação que tenho. Se estiver vivo, será uma surpresa boa, porém, confirmando a má notícia, como tudo indica, não sofrerei tanto.

Meu estilo de vida é assim. Não deixo de sonhar, só que não deixo os pés saírem do chão sem segurança. Por falar nisso, uma coisa que me persegue desde que a casa no morro ruiu e fomos parar na casa da vovó é: nunca mais saí do chão.

Quando criança, dividia a cama com a minha irmã. Assim que a construção ruiu, fomos todos dormir no chão de um quarto da casa de minha avó. Depois de lá, mudamos para um bairro chamado Andorinhas, onde dormi numa pequena poltrona, que ficou pequena, e logo fui para o chão.

Após, em outra casa no mesmo bairro, fui para um chão de madeira. Entre esses e outros chãos, variava o número de colchonetes e edredons que faziam minhas noites mais ou menos confortáveis. Depois, voltei para o velho bairro, onde ficava em um colchão ortopédico no chão. Daí fomos para Serra, morar no barraco outrora alugado à pobre família, onde mais uma vez dormia... no chão.

E assim foi. Toda a minha adolescência e juventude não tive uma cama, nem mesmo quando saí de casa para morar com Andréa e Letícia, casadas, para quem trabalhava como designer. Lá aprendi a mexer em programas que são hoje vitais para a minha profissão. Dormia ora numa poltrona, ora no chão. Quando voltei para casa, minha irmã, grávida de meu primo, acabava com a minha esperança de ter uma cama. A casa, já de alvenaria e sem Daniel e a esposa em casa, agora recebia a minha irmã Nara e sua família, deixando meu espaço do mesmo jeito.

Mas o grande problema não era dormir no chão, e sim o que acontecia de desagradável durante a noite. Minha mãe, tonta pelos remédios, não aguentava chegar ao banheiro e fazia chover na minha cama, por vezes pegando em mim. Como se fosse pouco, em suas crises noturnas – que antes pensava ser epilética –, ela vez ou outra caía em cima de mim, que dormia ao lado de sua cama, no chão, espremido. O guarda-roupa acima de mim sempre me rendia alguns galos quando Neide ia pegar roupas nas gavetas. Eu dormi pouco nessa época.

Aos 22 anos, tentei montar um escritório em Vitória, embaixo da casa da minha então namorada, que viria a ser a minha esposa um ano e meio depois. Lá estava eu novamente dormindo no chão em frente ao computador, pensando que, quando tivesse a minha casa, teria uma bela cama para repousar. Uma que me coubesse, que não deixasse meus pés para fora, como os inúmeros colchões e poltronas por onde dormi pela vida toda.

Quando casei, pensei em comprar uma bela cama. O complexo com meu peso – que ganhei junto com os quilinhos extras – me fez pensar que a cama teria que ser muito resistente, e a minha esposa decidiu optar por um colchão de molas caríssimo. Inicialmente gostei da ideia, sem me atinar que seria algo diferente para ela, que sempre dormiu numa cama, ficar tão perto do chão. Bem, em meio a dívidas que fiz e paguei, cursos e faculdades, diversos investimentos em aparelhos e bobagens, percebi que até hoje ainda sonho com uma cama... e durmo à distância de um colchão do chão.

Já Daniel sempre teve seus móveis básicos com ele: uma cama, uma TV e uma geladeira. Como ele conseguia? Não sei. Mas estavam todos lá quando ele precisou partir com pressa, fugindo com o dinheiro de um indivíduo que queria matá-lo por não terminar um serviço. Ele vendeu tudo por uma bagatela para os parentes, inclusive a TV, que tinha me dado de garantia por emprestar R$ 1.000,00. Ele não me pagou, me pediu para deixar o aparelho por alguns dias na casa por causa de meu pequeno sobrinho e deu no pé.

Lembrando de tudo isso, fica complicado pensar por que procuro esse cara. A concepção de vida e morte da Daniela começa a me seduzir. Mas sou bobo por natureza, pensando que todos merecem uma chance, um voto de confiança.

Pensando nos móveis que ele vendeu para os parentes, lembro-me de um tanquinho elétrico que praticamente deu para uma tia com quem era mais apegado. Ligo para tia Tereza para saber dela e contar o acontecido com Daniel.

— Bença, tia.

— Fala, Samuel. O que deu em você para ligar para os pobres?

— Olha, aconteceu algo com Daniel.

— Eu não sei de nada de Daniel. Ele sumiu depois que falaram que iam matar ele. Se pegarem ele, não sei, não...

Ela não entendeu o que falei. Antes que o papo se estique...

— Tia, pegaram Daniel — falo, cortando o papo dela.

— O quê?

— Mataram Daniel. Eu preciso saber onde ele estava quando aconteceu isso. Ele falou para vocês alguma coisa?

— Não, não falou... mas mataram Daniel?

— Ao que parece, sim, tia.

— Tava demorando, né?

Soa para mim como uma versão amena de “já vai tarde”. Lembro de minha irmã.

— Pois é. Eu queria ver se a tia Jacineia sabe de algo.

— Eu vou ligar para ela, depois eu falo com você, Samuel.

Finalmente o peso da procura começa a ser distribuído. Quero me ver livre desse fardo o quanto antes, e com certeza a tia Jacineia tem ao menos uma direção para apontar. Ele sempre se comunicava com ela, que, por sua vez, guardava tudo a sete chaves.

Meia hora depois, tia Tereza me liga, trazendo uma notícia que deixa a minha busca confusa:

— Samuel, de acordo com Neia, Daniel não foi para a Bahia, e sim para Minas Gerais.

— Minas Gerais? Mas não é possível. Ele foi morto na Bahia!

— Não, ele disse que ia para Minas Gerais — tia Tereza decreta, sem margem para questionamentos. Afinal, a tia Neia, com quem ela pegou a informação, o conhecia muito bem e não esconderia algo tão importante. Não agora. — E ela falou também que não acha que ele esteja morto! E eu concordo com ela.

Bem, das duas, uma: ou Daniel mentiu para a tia Neia ou o garimpo que ele trabalhava era na divisa de Minas com Bahia.

Mas por que estou pensando isso? Daniel não está morto, pelo menos, é o que pensam Neide, Lúcio, Neia e Tereza. Ah, ainda tem o ilustríssimo editor-chefe de um jornal do sul da Bahia.

— Ah, então vocês duas acham que ele não está morto?

— Não. Eu sinto no meu coração que ele não está morto.

Mal de coração estou eu, então.

CAPÍTULO 11

Enquanto ele estava morto

No sábado tomo a decisão de deixar de lado. Desisto de procurar o bendito morto, eu quero viver a minha vida. Daniel já mudou meu modo de ser, já não me preocupo com o emprego. Nos primeiros dias, meu humor era compreensível, porém, mais de uma semana depois da notícia de sua morte, as pessoas nem se lembram mais que eu tenho um irmão desaparecido, talvez morto.

— Você não sabia? Estou procurando o corpo do meu irmão há dias!

Era assim que eu justificava o meu estresse, minha barriga, minhas olheiras, meu baixo rendimento no trabalho, culpando Daniel. Ainda funciona.

Eu também enfrento o medo de ter que ir reconhecê-lo, sabe lá em quais condições. A morte é um assunto corriqueiro em minha vida, pois sempre morei em locais perigosos.

— Samuel, sabe o Junin? Mataram o coitado!

— Sabe Fulano? Morreu com 15 tiros.

Morte era assunto da semana durante a minha adolescência. Mas acho que nunca senti tanto uma morte como a de dois amigos: Fabrício e Kaioko.

Trabalhava em uma gráfica das minhas amigas quando recebi a notícia da morte de Fabrício, executado por estar com a pessoa errada na hora errada. Dizem que mandaram ele embora porque o problema era com o amigo dele, mas Fabrício se recusou a abandoná-lo. “Amizade é amizade”, sempre dizia.

Ele achou que levaria umas porradas e contaria aquele caso em alguma bebedeira, enquanto zoaríamos dizendo o lema "amizade é amizade". No dia seguinte, Fabrício e seu amigo foram encontrados mortos. Eu não consegui chegar a tempo para o enterro, só me sobrou lamentar a sua perda na casa dele ao lado da mãe.

Já Kaioko era chamado assim por ter olhos puxados, mas sua origem era indígena. Ele foi confundido com o irmão e executado num ponto onde pouco antes o encontrei para conversar. Morreu pelo irmão.

A maior lembrança que tenho de Kaioko foi uma palheta de violão que me deu. Ele me viu passando de cima da laje e, sabendo que eu gostava de violão, a jogou para mim. Bateu no meu cabelo crespo e de lá tirei aos pulos, achando se tratar de um besouro.

— Ih, gritando assim você se entrega, hein? Achei que tu ia gostar.

Uma palheta de violão. Aquilo era para ser guardado a vida inteira, mas já é de conhecimento geral, não sou bom em guardar coisas que realmente importam para mim.

Fabrício, Kaioko e Daniel tiveram as suas histórias interrompidas e, enquanto procuro o que restou do meu irmão, crises de pânico que me perseguem desde a adolescência se tornam frequentes. O desespero me toma quando penso que já vivi um pouco menos da metade da expectativa de vida de um ser humano. E vivi muito mal.

É estranho pensar nisso, porque esse pensamento não é digno nem de quem está no fim de sua existência, mas eu o protejo como o legado que Deus deu a minha mãe e seus filhos. Então, começo a pensar em coisas boas que fiz, nos amigos que tive durante esse curto tempo vivido, nas minhas pequenas vitórias, nos meus acertos e, em particular, numa grande dúvida.

Certa vez, quando ainda tinha meu escritório embaixo da casa da minha futura esposa, ouvi uma tremenda cantada de pneu. Corri para o local, a poucos metros do escritório, e lá estava um senhor caído sem camisa no asfalto escaldante das onze horas da manhã. Perto dele, um carro com a sua frente muito avariada.

— Os bombeiros, por favor! Alguém faça alguma coisa!

Populares se multiplicavam em cima do homem. O motorista estava dentro do carro, paralisado. O grupo aumentava em torno do atropelado e o trânsito começou a ficar mais lento. Estávamos a seis quadras do corpo de bombeiros, mas daquele jeito não chegariam nunca.

Foi nesse momento que resolvi tomar as rédeas da situação:

— Pessoal, vamos abrir um pouco, deixar o cara respirar! Assim vai ficar difícil!

Saí empurrando o povo e ganhando o ar que julgava necessário. É muito interessante ver que, quando estão num certo grau de nervosismo, as pessoas são suscetíveis a ordens. Fui obedecido no ato e aproveitei para liderar mais:

— Liberem para os carros passarem! Ô senhor!

Apontei para um velhinho assustado, que estava perto do ferido.

— Fica de olho nele, acompanhe a respiração!

O velho obedeceu sem questionar. E eu estava no meio da pista gerenciando o trânsito, pedindo espaço para os carros passarem e mandando os ônibus andarem, uma vez que todos queriam ver o acontecido.

— Alguém ligou para os bombeiros? Eles estão aqui do lado, caramba!

Eu falava com a segurança de quem conseguiria manter a situação sob controle até eles chegarem e como se ali estivesse meu parente. Até ouvir o velhinho:

— Moço...

— Que foi?

— Ele não está respirando!

Fui em direção ao atropelado e, sim, ele não estava respirando mesmo. Os bombeiros ainda não haviam chegado e aquele cara não respirava. A batida tinha sido feia e não dava nem para imaginar os danos causados ao pobre senhor. Ele podia ter fraturas internas graves, e ninguém queria arriscar mexê-lo, com medo de piorar tudo. Mas ele não respirava. Acabei botando a mão na carne.

— Ei, o que você está fazendo?

— Vou fazê-lo respirar.

— Cara, espera os bombeiros! Você pode matar o cara!

— Ele vai morrer de qualquer jeito se tiver que esperar os bombeiros.

Segurei o pescoço do moço, tapei o seu nariz e abri a sua boca. Aí cometi minha primeira imprudência. Vi sangue na sua língua. Mesmo assim, resolvi fazer respiração boca a boca.

Eu havia treinado técnicas de ressuscitação com um boneco aos 14 anos de idade quando entrara em um estágio em uma companhia elétrica, e tentava lembrar de tudo aos 22 anos. Fazer aquilo para valer foi uma das coisas mais difíceis de minha vida. Não assoprei com força o bastante da primeira vez. Eu estava com nojo de fazer aquilo. Afinal, ao abrir a sua boca, percebi que, além do sangue, saía um hálito que denunciava a causa do atropelamento. Ele havia bebido. E muito. Fechei os olhos e tentei de novo.

A barriga da vítima subia, e nada do ar voltar. Eu entrei em desespero, mas continuei a massagear o peito daquele senhor, na esperança de ele não ter nenhum osso quebrado. Contava e depois mais respiração boca a boca.

Quem me via assim nem podia imaginar que, num passado não tão distante dali, eu achei nojento a minha tia salvar a vida do bebê de sua cunhada, que não conseguia respirar por causa de obstrução nasal devido à gripe. Minha tinha aspirou catarro de um bebê! Era a única coisa que eu conseguia pensar. Eu estava com a boca colada a de um bêbado sangrando. Até que ele voltou a respirar.

Dois minutos depois, chegaram os bombeiros, perguntando o estado do infeliz. Falei que tive que mexer no corpo e fui logo repreendido pelo profissional que o imobilizava.

— Você pode ter piorado uma fratura!

— Mas ele salvou o cara! Ele fez respiração nele! — apontou o velhinho que me acompanhava.

Os bombeiros não deram ouvidos. Colocaram a vítima na ambulância e se foram. A dúvida que me perturba até hoje: se aquele homem sobreviveu ao acidente, se eu ajudei ou piorei a sua situação. Na verdade, não sei se gostaria de saber a resposta. Eu quero pensar que tentei fazer o melhor por aquele homem, o qual, por um minuto, tive a vida nas mãos.

Penso a mesma coisa a respeito de Daniel. Depois de oito dias de procura, fiz o meu melhor pelo meu irmão. Nada mais me resta, a não ser deixar que a polícia tome conta disso.

No domingo, nono dia sem Daniel em minha vida, retomo a rotina de escritas. Estou disposto a fazer um poema em alguma rede social. Entre uma linha e outra, sou interrompido pelo meu telefone.

— Alô?

— Samuel, você tem o telefone de Neide?

Eu não acredito na voz carregada de raiva que ouço e só me resta gritar, incrédulo:

— DANIEL?????

Daniel, no outro lado da linha, parece incomodado de falar comigo. Meu irmão, morto por nove dias, está falando comigo. As lágrimas estão quase descendo.

— Você tem o telefone de Neide?

— Mas como...?

— Me passa o telefone de Neide.

— Tá... vou... pegar!

Sabe do nervosismo que deixa pessoas suscetíveis a ordens? Pois é... Só quando acabo de passar o telefone, recobro-me do susto.

— Peraí, Daniel, antes de você desligar, me responde uma coisa!

— Hm.

— Na sexta-feira passada, recebi a notícia de que você estava morto e...

— Vocês não tiveram essa sorte ainda!

Daniel desliga o telefone na minha cara, mostrando que aquela mágoa da nossa última conversa ainda norteia o nosso relacionamento. Ou pelo menos, a percepção dele. Do lado de cá, só penso no tempo desperdiçado enquanto ele fazia sabe lá o que sabe lá onde.

Minutos depois, recebo uma ligação de Neide, avisando que Daniel está vivo. Ele não contou a ela que eu forneci seu número. Quando questionado sobre seu sumiço e informado sobre a minha busca por ele, Daniel apenas respondeu que isso não podia ser verdade porque não me preocupo com ninguém.

O que me resta é ligar para as pessoas a quem pedi ajuda para encontrá-lo, agradecendo a disposição, avisando que meu irmão está vivo. Por vezes, a definição "meu irmão" será trocada por babaca, cretino, canalha e outros adjetivos.

Dias depois, através de conversa com outros parentes, descubro uma versão da história: houve, sim, um morto e um garimpo, sim, na Bahia.

Daniel e um amigo trabalhavam em uma mina, encontraram uma gema de esmeralda e foram roubados dentro do local. Esse amigo, infelizmente, foi morto enquanto Daniel conseguiu fugir, sem sua bolsa.

Ao encontrarem o morto e seus documentos, deram o anúncio da morte da pessoa errada para a nossa família.

O engraçado é Daniel achar que não me preocupei com ele esse tempo todo. Enquanto ele estava morto, eu fui seu maior companheiro, ligando para todos os lugares, sofrendo a cada pista errada, checando cada informação, procurando meu herói, meu grande problema, minha dor de cabeça preferida.

Eu guardei seu segredo, sofri junto com Lena, poupei quem podia poupar da dor da perda. Fiz Noé, um irmão desacreditado nos laços familiares, procurá-lo diariamente.

Eu realmente me dediquei à sua procura porque, enquanto ele estava morto, senti que o que perdi era importante, inestimável, como as grandes coisas de minha vida, as quais nunca guardo.

Enquanto ele estava morto, eu o amei como a um irmão.

Fim.

Esta obra foi composta em Arno pro
light display 12 para a Editora Malê e
impressa em papel pólen bold 90,
pela gráfica JMV, em julho de 2025.